Malena, c’est ton nom

De la même autrice

ROMANS

Tunis, par hasard, Elyzad, 2008.

L'œil postiche de la statue kongo, Elyzad, 2009. Prix spécial du jury de la ville de Toulouse.

THÉÂTRE

La mer n'a pas d'horizon, Petit Théâtre de Vallières, 2013. Premier prix du Concours d'auteurs du Petit Théâtre de Vallières.

Fartlek, Koinè, 2020.

Les citations de Pablo Neruda sont extraites de « La Canción desesperada » in *Veinte poemas de amor y una canción desesperada*, Lumen, 2005.

Visuel de couverture © Héla Chelli, conçu à partir d'éléments de *La Tempête* de Giorgione.

www.elyzad.com

Anne-Christine Tinel

Malena, c'est ton nom

roman

elyzad

Un silence plus large que l'océan Atlantique.

à Elena
à Annibal
Como el mar, como el tiempo[1]

1. Pablo Neruda, *La Canción desesperada.*

Sire, vos ordres ont été si bien exécutés que si les Tartares nous voyaient, ils auraient honte à côté de nos Français, et apprendraient d'eux comment l'on doit ravager les pays et les villes. Nos généraux et nos officiers sont saisis de pitié et d'horreur en voyant ces monceaux de cendres et de mines. Les oreilles me font mal de tous les gémissements qu'elles ont entendus.
Créqui, à Louis XIV, après le premier Ravage de Palatinat.

Scrupule chrétien (texte anonyme)

Qui ne reproduit pas, à l'intérieur de soi,
le monde qui l'a engendré ?

Eduardo Galeano,
Jours et nuits d'amour et de guerre

Température, tension... L'interne note les dernières observations sur le graphique suspendu au pied du lit tandis qu'Arnaud cherche le visage dans le fouillis du drap.

— Dire que le gars l'a retrouvée à pas loin de vingt bornes de la bagnole...

Arnaud suit le médecin dans le couloir. Ce que je ne comprends pas, c'est ce qu'elle foutait là-bas. Dans la montagne ! Elle a roulé toute la journée... Et puis cette course après, dans les chemins...

— Le jeune homme a laissé ses coordonnées, au bureau des infirmières.

Quelque part dans le service, une porte entrebâillée laisse s'écouler le volume d'un téléviseur. L'interne, l'esprit tourné vers les dix-sept patients qui l'attendent, essaie de se débarrasser de lui mais Arnaud lui colle aux basques.

— Docteur, qu'est-ce qu'elle a ?

— Des examens sont en cours…

Un moment ils écoutent le bruit de la télévision puis le médecin ajoute :

— Durant ses cauchemars, le service de nuit a noté qu'elle parlait espagnol.

L'interne ôte la main de la poignée qu'il s'apprêtait à ouvrir et rejoint Arnaud au centre du couloir.

— Elle a l'air choquée. Avez-vous noté chez elle un changement, ces derniers temps ?

— Ce n'est pas nouveau, deux ans. La situation politique de l'Argentine. Malena est argentine, vous comprenez. Depuis l'investiture de Néstor Kirchner et l'ouverture récente des procès, elle n'est plus la même. Elle est arrivée en France il y a longtemps, comme réfugiée politique.

— La dictature, énonce l'interne, avec le ton d'un adepte de *Trivial Pursuit*.

— Les membres de sa famille y sont restés, ses parents, son frère… En 2003, Kirchner a annoncé qu'il mettrait fin à l'impunité des criminels. La justice réactive les enquêtes, plus question pour les bourreaux de brandir l'obéissance en guise de paravent. Les militaires vont être jugés, enfin !

L'interne, contrit, acquiesce :

— J'ai vu des reportages. Les familles des disparus attendent cela depuis longtemps.

— Docteur, Malena fuit les informations… Quelque chose lui fait peur.

— Pour se reconstruire, certaines personnes ont besoin de l'oubli. Quand la violence est telle qu'elle n'est plus gérable, le cerveau opère une sorte de mécanisme de sauvegarde pour se protéger. La mémoire du traumatisme se réfugie dans l'amygdale de l'hippocampe sans être encodée ni traitée, expose l'interne nimbé de la lumière du néon, elle peut rester comme ça toute une vie, piégée hors du temps, dans une sorte de boîte noire. Mais si un jour l'agression ancienne est réveillée par quelque signal, elle s'embrase à nouveau sans crier gare ; c'est d'une grande virulence pour le sujet dont le psychisme est submergé. Le changement politique aura ouvert brutalement des vannes verrouillées. Il est probable qu'elle se trouve engloutie dans les terreurs refoulées.

Arnaud, agacé par la veine qui tressaute sur sa paupière gauche, n'écoute plus. Les mêmes questions, une énième fois, reviennent ; avec elles le sentiment que depuis le début, quelque chose d'essentiel lui échappe, comme la clef du rêve manque à celui qui s'éveille, vouant le début du jour à ne rester qu'un éternel *après*, à jamais mineur, amputé. L'impression qu'il vit avec deux femmes ; l'une, gaie, familière, tranquille, heureuse oui, laisse percer, dans des moments qu'il s'efforce toujours de ne pas voir surgir de peur que la terre, pareille au verre qu'on frappe, sous l'onde de choc ne se fende et s'émiette, les laissant tous deux choir à jamais dans les abîmes impensables, une autre femme... Celle qui a pris la fuite, hier, à tombeau ouvert.

*

*   *

1982

Como los muelles en el alba[1]

1. Pablo Neruda, *La Canción desesperada*.

Dans la poche ta main tripote le passeport bleu de Prusse. Raide, le similicuir résiste quand tu le ploies, il craque, comme une paire de chaussures neuves. Dans quelques minutes, tu le présenteras au préposé de la douane. Dans quelques minutes. Tout se passera bien, a promis Juana dans l'appartement de la banlieue sud de Buenos Aires.

Des flocons se prennent aux cils des voyageurs qui suivent depuis le pont la manœuvre du *Cristoforo Colombo*. Les cordages se tendent ; l'eau bat là-dessous, noire et nerveuse. À quai des hommes s'arc-boutent. Sous vos pieds la carcasse s'immobilise, enfin. Face aux collines. Genova. Derrière la brume tu devines l'étreinte du paysage ; dès que le bateau pénètre dans l'enceinte du port tu reçois l'embrassement rugueux de la côte. L'eau vous propulse, elle referme derrière vous sa protection.

La neige fond vite. Sur ton épaule la tresse s'alourdit. Sifflement du vent, cliquetis des mâts. Derrière la cheminée du paquebot, de l'autre côté du phare – La Lanterna, ont prononcé ceux qui reviennent à Gênes et défendent leur place au bastingage avec l'assurance de ceux qui savent... Par-delà donc, La Lanterna, admirée au moment où vous glissez dans les eaux portuaires ; loin, très loin par-delà La Lanterna, par-delà quatorze jours de morne traversée sans tempête, calme étrange après les derniers temps passés à Buenos Aires à te cacher, ne répondant pas au téléphone, volets fermés, lumières éteintes, dans un appartement qui n'était pas le tien, monopolisant toute l'attention et les forces dont tu disposais pour tenir sans sortir, seule manière de survivre jusqu'au jour du départ ; par-delà l'océan, par-delà l'angoisse impensable, loin, loin de toi, enfin : l'indifférence cruelle de l'été austral perd de son emprise.

La passerelle sonne sous le trot de ceux qu'elle déverse. Avec eux tu trottines, sans te retourner. Tout se passera bien, a promis Juana. Le froid ravigote. Tu grelottes, tu trottes dans la vigueur de l'hiver italien, l'hiver italien qui taquine les mollets sous la jupe portefeuille, picote la nervure des oreilles et les doigts d'une main crochetée sur la valise. L'autre, dans la poche de la jupe, serre le passeport bleu de Prusse. Derrière toi, loin, l'été austral. Tes poumons s'ouvrent au froid. Genova.

Ceux qui voyagent à pied laissent derrière eux le vrombissant nuage de gazole que crache le ventre du bateau avec la file des voitures au pas, et, guidés par des barrières de métal, pénètrent dans l'un des quatre entrepôts douaniers. Dans la queue tu t'es placée derrière cette femme ; le double de ton âge, élégante, très droite, tu l'as remarquée à bord avant la deuxième semaine. Devant toi, elle se présente au douanier. Sur le *Cristoforo Colombo*, comme toi silencieuse. Comme toi fuyant la compagnie, contrairement à d'autres voyageurs enclins à lier connaissance, sans que tu saches exactement si c'est pour tuer les heures écœurantes à chercher l'air libre entre les relents de combustion du carburant, ou si – mais est-ce l'effet de cette paranoïa que dégage la peur, pareille au gaz exhalé du fumier –, mus par un dessein plus sombre, leurs yeux ne cherchent pas plutôt à photographier les visages, guettant regards, mots, susceptibles de livrer entre les lignes des informations à rapporter discrètement, après la traversée, dans un bureau capitonné, à un supérieur hiérarchique. Tu as remarqué cette quinquagénaire, enseignante, ou journaliste, mais peut-être est-ce le seul fruit de ton imagination ; elle comme toi dînant vite, et une fois l'assiette vide se repliant dans l'intimité de la couchette. Quatorze jours presque, passés les yeux fermés, dans le giron du bateau, elle comme toi, te figures-tu, bercée par les ombres et la houle, jouissant du répit de ne pas être encore née. Maintenant la femme a remis son passeport dans son sac et disparaît de l'autre côté.

C'est ton tour. Derrière le guichet le douanier est une douanière. Ses yeux ne se poseront pas sur toi. Indifférents, ils se borneront à éplucher le passeport neuf que tu tends, cœur battant ; les doigts de la douanière impassible feuillettent, inscrivent, et te voilà, pantelante, le bruit encore du tampon à l'instant où il frappe d'encre la page vierge, déjà de l'autre côté, toi aussi, peinant à y croire, voilà, oui, tu es passée, c'était tout, une simple formalité, et tu voudrais élargir en toi la conscience de cet instant déjà évanoui, qui vient de signer, estampiller – le bruit mat du tampon résonne sur le comptoir –, ta liberté.

(Tu penses à l'histoire de María Gómez. María Gómez a eu beaucoup de chance.

On lui a bandé les yeux, paraît-il. Elle a été poussée dans un coffre et menée hors de la ville, elle n'a jamais su où, dit-on. On a lié ses mains et ses pieds, on a passé un fil de nylon autour de son cou. On l'a interrogée au sujet d'un article qu'elle avait écrit. On l'a battue, piétinée : « Tu seras fusillée ».

Une aube.

Visage aveugle.

On la fait descendre de la voiture, on la plaque contre un arbre, le front contre l'écorce.

Derrière elle un piétinement de bottes orchestre le spectacle d'une mise à mort.

Les hommes se déploient, forment une file.

L'humidité glacée du petit jour.

Au commandement, ils s'agenouillent.

Le déclic des armes.

Détonations.

Le bruit des moteurs qui s'éloignent.

María Gómez a pu défaire ses liens et ôter le bandeau.

Maintenant, elle vit en exil.

Elle aussi.)

Ufficio turistico. Dans la liste des pensions que tend la matrone au-dessus du comptoir avec des phrases ondulées, tes yeux s'arrêtent sur un nom aux consonances familières. Tu copies l'adresse dans le carnet à spirales. Il ne neige plus, sous le ciel d'étain tu déambules dans un lacis de ruelles aux façades colorées ; oublié le bruit de l'autoroute surélevée qui court entre le port et la ville. Parfois tu sors le plan touristique de la poche extérieure de la valise ; assez vite tu grimpes dans les hauteurs, tu longes des palais qui ne se visitent pas, dont tu entrevois les halls d'entrée en haut d'escaliers monumentaux. Le cœur bat vite, tu t'arrêtes dans la pente ; au-dessous, des cours et des loggias surplombent des jardins noircis par l'hiver, étagés sur plusieurs niveaux. À l'horizon violet tu devines le réseau immatériel des lignes maritimes, nouées dans le port comme dans un poing, s'évasant dans la mer jusqu'au bout de monde, jusqu'à l'été austral. Tu grimpes encore, tu bifurques. À droite de la porte dont la peinture s'écaille, ce nom, que tu as lu dans le registre, se détache, *Irina de Ávila*. Tu logeras dans cette petite chambre dotée d'un œil de bœuf qui donne sur un escalier taillé dans la colline. (Maintenant, elle vit en exil. Elle aussi.)

Quand elle a entendu ton accent, tu as lu dans les yeux d'Irina de Ávila que tu n'aurais pas besoin d'expliquer. L'odeur de tomate et d'huile sortait de la cuisine avec un baragouin radiophonique. *Avanti*, elle a dit. Irina te précède, vous grimpez à l'étage. Ta chambre est la première à main droite. Les cintres où pendent la cape et la jupe, tu les places devant le radiateur avant de te glisser dans la cabine de douche. L'eau trop chaude brûle la peau. Tu restes là, longtemps. Engourdie sous la cataracte hypnotique à laquelle, rouge écorché, tu t'abandonnes. Trouver du travail, a dit Irina de Ávila, ça c'est facile. Pour les papiers... Descends tout à l'heure, Fabio connaît des gens.

Des yeux Fabio interroge. Argentine, explique Irina. Ella es Malena. (Tu t'appelles Malena. Tu t'appelles Malena, tu as trente ans. Malena, trente ans, quitte définitivement le pays. Malena, c'est ton nom, émigre.) L'ouvrier, ses doigts dans la ceinture lui offrant une contenance, hoche la tête. La dictature. Ils savent, ici. Irina aussi a dû migrer en son temps. En 1937 j'avais treize ans, explique-t-elle, autant dire une gamine... Au front du nord, avec l'avancée des troupes franquistes, ils ont dû embarquer à Santander. Chez elle, cinq ils étaient, ses parents, ses deux sœurs et elle-même Irina, l'aînée. Bordeaux. C'est là-bas qu'on s'est connus, avec Fabio. Après la guerre. Irina a vingt-deux ans, elle est issue d'une famille de filles... Alors tu comprends, un bel Italien... Fabio lui non, n'a pas quitté son pays contraint et forcé ; il a tenté sa chance. Il évoque la misère dans les Dolomites, l'appel scintillant de la Reconstruction côté français, les heures de quarantaine à Turin, la frontière, puis de chantier en chantier, toujours plus à l'ouest, le voyage, jusqu'à l'océan. Jusqu'à Irina.

Il m'a emmenée au cinéma, dit-elle riant. Vittorio De Sica, Giuseppe De Santis... Comme cela qu'il m'a charmée, avec *Non c'è pace tra gli ulivi* !

Trente-cinq ans, la donna, qu'elle supporte un communiste, sourit le vieil homme qui rôde autour du fourneau. Mais n'allez pas croire, précise-t-il, qu'elle le subisse : la pension de Madame porte son nom de jeune fille : De Ávila ! Où se niche l'esprit d'indépendance !

Allez Fabio, tu m'aimes bien comme ça, telle que je t'échappe, roucoule Irina.

Au loin gémit la corne d'un paquebot. Toi, Malena, assise sur le banc de bois d'une cuisine italienne, un coude sur la table, menton dans le creux de la main, les yeux brouillés dans la tiédeur de l'ail fondu tu oublies d'où tu viens, qui tu es, tu écoutes les vieux époux qui t'accueillent sur le sol italien en espagnol, comme leur fille.

*

À plusieurs reprises Fabio t'accompagne dans les administrations. Tu ouvres la pochette beige à rabats, tu présentes le passeport à l'homme qui t'interroge ; faux, expliques-tu ; impossible de sortir sous ton vrai nom. Ton nom n'est pas Malena Pazarella, celui du passeport ; toi, tu t'appelles Malena Rearte, en témoignent certains documents, tenez, inscription universitaire, la photo ici. D'autres papiers, volants, que tu confonds. Par-dessus le bureau tu tends au fonctionnaire l'accréditation du père au journal *Noticias* ; peu ou prou tu racontes et Fabio traduit, *Noticias*, premier journal argentin à subir un attentat, sì sì, *Noticias* c'est connu, c'est un journal de gauche ! La voix de Fabio résonne dans le bureau, puis reviennent tes mots à toi, électrocardiogramme plat, les deux langues alternent : l'attentat au journal (espagnol, italien), le coup d'État (espagnol, italien), la clandestinité (espagnol, italien), la disparition des tiens (espagnol, italien), Juana échappant à la gégène, le nom de Rearte qui ne t'aurait pas permis de monter sur le bateau, le faux passeport, le prénom seul conservé, avec le nom, postiche, de Pazarella... Les mots sortent de toi, dictés par une mécanique dont les commandes se trouvent quelque part excentrées, dans une zone froide de ton être ; parfois tu perds le fil ; aussi le parcours de Malena dans ce bureau te semble-t-il, plus que jamais, une autre vie que la tienne. Or il faut, s'impatiente Fabio dans la cuisine, après le rendez-vous, comment veux-tu sinon, marquer plus d'émotion tu vois, comment veux-tu que ces fonctionnaires se fassent une idée, crois-tu qu'ils aient les moyens de conduire une instruction en Argentine ? Pour l'obtenir, ce foutu statut de réfugié, tu dois convaincre l'examinateur, c'est la seule solution ! Ton récit, Malena, rends-le vivant par pitié, suscite l'émotion, je sais que tu es pudique, je ne vais pas te demander de larmoyer mais montre un peu d'implication ! Déjà que l'inclination à croire ou ne pas croire un récit dépend de plein de trucs sur lesquels on n'a pas la main, notamment les convictions politiques du gars qui écoute, ou si c'est un lèche-bottes celles de son supérieur... Tu dois y mettre tout ton cœur ! L'Argentine, la réalité d'un départ, concrètement, toutes les raisons que tu as de n'avoir pas envie de remuer le couteau dans la plaie, ces gratte-papiers n'ont aucune idée de ce que c'est.

*

(Tu arrives dans ta rue au moment où une camionnette s'arrête devant *sa* maison. Le moteur tourne encore, une portière s'ouvre et claque. Les deux infirmiers parlementent. La camionnette redémarre et s'arrête un peu plus loin tandis que les trois hommes entrent dans la maison où tu vis avec *lui*... C'est pour toi qu'ils... Si tu entres... Fuir... tu dois fuir... maintenant...)

*

Fabio, encore Fabio, gratitude, te trouve une place dans une entreprise de confection de l'autre côté du pont Morandi. Le signor Ricciarelli est peu regardant sur la légalité. Du moment que le travail est bien fait… Sept kilomètres à pied matin et soir, mais pas question de quitter la chambre de la pension où tu te sens bien pour un autre logement. Par la fenêtre de l'atelier se dressent les deux piliers et l'arche en béton du viaduc, jetée au-dessus du val Polcevera. Tu t'appliques à rester à la surface du présent inoffensif. Tandis que les doigts guident le tissu, la tête a peu l'occasion de penser. Même la nuit ne revient dans ton crâne que le seul bourdonnement du moteur au rythme des pédales. Aucune place pour autre chose que cette vie régulière, entre la musique d'Ennio Morricone qu'écoute Irina dans la cuisine, et le roulement des machines à coudre à l'atelier. Tu embrasses la condition d'ouvrière, où il te semble jouir du repos du guerrier. Vivre dans la clandestinité, si tu n'obtiens pas les papiers, pourquoi pas ? Étais-tu chez toi dans ton pays ? Ici on te paie à la semaine. Avec ton premier salaire tu achètes ce pantalon *blu di Genova* que tu n'as jamais porté, là-bas. Tresse rabattue à l'avant de l'épaule, la silhouette dans la cabine d'essayage ressemble à une femme que tu connais.

(Un jardin public.

Vous êtes deux.

L'une, jupe de laine brune, corsage à col Claudine boutonné haut sous la gabardine.

L'autre, veste et pantalon en jean. Un long collier de graines peintes descend sur le chemisier, un bracelet indien ceint la peau du poignet.

Au-delà de vos différences de style, peau claire, cheveux fins, vous vous ressemblez.)

Des images tressautent dans ton cerveau, des parcours de ruelles dans certains quartiers déshérités de Buenos Aires. Posée sur une commode la photographie d'une jeune fille en jupe : chaussettes bien remontées, elle joue de la guitare... Vite, te détourner du miroir. Avant que l'image de cette femme, tendre et familière, ne s'ouvre et ne déverse en toi ce dont tu ne dois pas te souvenir, sous peine de ne plus pouvoir vivre. Tandis que tu te rhabilles derrière le rideau, fond sur toi l'aile tourbeuse de la peine, ainsi que ce sentiment de culpabilité qu'éprouvent, dit-on, ceux qui survivent.

*

Dans la cuisine, l'accent de Fabio adoucit l'espagnol qu'on y parle le soir.

Il faut apprendre l'italien, répète Irina. C'est ici que tu vis, maintenant. Tu ne peux pas comme ça, tourner en rond dans le ghetto d'une langue que les gens ne comprennent pas.

Tu ne réponds pas. Tu te tiens dans l'espagnol du vieux continent comme dans la douceur d'une langue frontalière, suffisamment proche pour t'y trouver à l'aise, un peu comme chez un parent ; suffisamment étrangère pour que tu te sentes protégée du monde que tu as fui. Au travail, tu tournes en boucle avec quelques dizaines de phrases italiennes, elles te suffisent pour la vie que tu mènes. Rester entre parenthèses dans cette vie-là, pas plus large qu'un ourlet simple.

Parfois en chemin pour l'atelier, à l'aller ou au retour t'adressant aux ombres, tu murmures : sono Malena, operaia presso l'azienda del signor Ricciarelli.

Un matin où tu marches d'un bon pas ton heure et demie de nuit pour arriver à temps, tu remarques que lire ne te manque pas.

Chez Irina de Ávila vous êtes trois pensionnaires fixes. Giacomo Battista, rentier, chuchote Irina, vit là depuis plus de quinze ans. Jusqu'à il y a peu, Fioretta Croce rentrait dans sa famille, du côté de Roccaforte, quand elle avait fini sa semaine. Maintenant la jeune femme reste en ville et sort le dimanche. Irina cligne de l'œil, elle l'a vu ; un peu plus bas dans la ruelle, un jeune homme l'attend. À la pension il y a aussi Giuliana Agnese, cinquante-sept ans, institutrice. Chaque fois que tu la croises, tu te demandes pourquoi Giuliana Agnese, discrète, le visage encore beau, n'a pas de maison et préfère vivre ici. Les autres chambres sont occupées quelques jours ou quelques semaines. Certains viennent là le temps de trouver un logement. Parfois ce sont des touristes. Irina met à leur disposition des guides et plans de la ville qu'elle renforce régulièrement au dos, avec du ruban adhésif. Grâce à ton statut officiel d'Argentine en fuite, tu bénéficies d'un régime de faveur auprès de tes hôtes : toi seule dînes dans la cuisine de Fabio et Irina. Irina te rappelle une tante que tu as aimée.

Tu ne pénètres que rarement dans la salle commune, trop cérémonieuse. Son haut buffet, ses chaises aux dossiers torsadés t'impressionnent, elles évoquent une salle à manger où tu n'as pas été heureuse.

Il arrive qu'en fin de semaine Marco, le fils de Fabio et Irina, leur rende visite alors tu demeures dans ta chambre. Quand le lendemain soir il s'en va, Irina frappe à ta porte et te présente une assiette de biscuits au citron décorés de fruits confits qu'elle nomme Mantecados, reste des piles dressées sur un plat de porcelaine les jours précédant la venue du plus jeune fils.

*

La semaine tu travailles, le dimanche tu te promènes. La fin de l'hiver, le début du printemps, passent comme ça. Le dimanche tu explores, forteresses, remparts, tours et bastions : à plusieurs reprises tu grimpes en haut du phare de La Lanterna, chaque fois exaltée par la vue qui s'offre à toi.

Ta promenade préférée reste le circuit des remparts. Après le funiculaire tu crapahutes le long des douze kilomètres de murs d'enceinte de la ville où est né Christophe Colomb, dont le nom en filigrane te rattache au pays que tu cherches à oublier. Tu aimes cette frange de pierres, trait d'union entre la ville et la nature qui l'entoure.

Un dimanche d'avril tu pousses jusqu'à Forte Diamante. Le sentier se ramifie à travers prés, pâturages et forêts. À l'orée d'un bois tu hésites sur le chemin à prendre. Autour de toi, la nature a reverdi. Très haut, de petits nuages blancs filent et s'effilent. Un frêne bourgeonnant, saisi par la transe légère du vent printanier, tremble au-dessus de ton visage renversé. C'est dans cette position, la nuque en arrière, les yeux dans le ciel par-delà les branches ravigotées, que les mots de Pablo Neruda chantés par Paco Ibañez te reviennent, inattendus, et que, bouleversants, ils t'inondent.

Emerge tu recuerdo de la noche en que estoy.
El río anuda al mar su lamento obstinado.

Sobre mi [tu] corazón llueven frías corolas.
Oh sentina de escombros, feroz cueva de náufragos !
En ti se acumularon las guerras y los vuelos.
De ti alzaron las alas los pájaros del canto.

Abandonado como los muelles en el alba.
Es la hora de partir, oh abandonado !
Es la hora de partir, oh abandonado !
Todo en ti fue naufragio !

Et te voici, *oh abandonado*, suffoquant, ruisselant d'émotion, furieuse de t'être laissée prendre par surprise, de n'avoir pas su faire barrage à la mémoire. *Todo en ti fue naufragio.* Dans le sous-bois, *su lamento*, tu pleures à voix haute, tu t'autorises cela, laisser hors de toi sortir la plainte. Elle sort la plainte, rauque, inquiétante, née de ta chair comme d'une autre, intime, étrangère, archaïque, elle erre entre les troncs, s'y cogne, se répète, pareille au cri d'autres bêtes, des loups peut-être, les loups peut-être hurlent-ils ainsi, comme on questionne le mystère d'exister, sans attendre d'autre réponse qu'entendre sa propre voix double de soi, vocaliser, se cogner, presque une danse...

Et tu gémis, tu te berces de ce gémissement, par lui vibrent les os de ton visage en une micro-secousse délicieuse où se reconfigurent tes atomes, tu accèdes à un état vibratoire proche peut-être de celui que nomme *om* le moine bouddhiste, le mantra primordial, la vibration vitale, longtemps reconduite, jusqu'à s'éteindre, exténuée.

Tu marches avec la légèreté sèche des oiseaux. Tu grimpes vers la bâtisse. Détourées dans le ciel pur la coupole du dôme, la façade aux fenêtres cintrées bordée par deux tours élégantes ; l'ensemble soutenu et comme ourlé par une muraille dont les angles du chemin de ronde, délicatesse des bâtisseurs, ont été adoucis. Une fois là-haut, assise au pied de l'enceinte devant la pente rêche, tu retiens ton souffle, subjuguée par l'ouverture de la vue ; nés d'une brume bleue, les Apennins ; leur chute brutale jusqu'aux collines, de la vallée du Bisagno à celle de Polcevera ; jusqu'à l'entrepôt du coton ; jusqu'au quartier Millo ; jusqu'au port.

*

Un dimanche où tu rentres un peu plus tôt, tu croises Marco devant la pension. Impossible d'opérer un demi-tour et d'éviter le jeune homme sans le froisser. Tandis qu'il te parle, tu t'entends répondre que tu acceptes sa proposition, deux semaines plus tard, de t'emmener à Portofino, un village de pêche des plus charmants, dit-il, avec un sourire qui va bien avec ce langage.

Les jours suivants, le souvenir de cet épisode s'éloigne de toi, et revient, alternativement. Alors tu revois le fils de tes hôtes, légèrement plus jeune que toi, vingt-cinq, vingt-six ans, étudiant en philosophie ; ce tic qu'il a, passer sa main sur ses cheveux ; la peau très blanche ; les yeux noirs. L'atmosphère qui règne sur la scène te semble recomposée, comme si tu n'avais pas vraiment vécu ce moment, mais qu'il correspondait plutôt à un rêve dont la définition particulièrement nette t'aurait conduite à le prendre pour la réalité, par une sorte de méprise.

Dans ton lit tu te complais à visualiser par avance la promenade à Portofino ; née de la gangue poisseuse des mots prononcés par Marco, la vision se tortille, se déploie. Les reflets colorisés des façades sur l'eau, le coude que fait la jetée dans l'anse d'une colline boisée, sur le quai l'enfilade des gargotes où l'on déguste la dernière pêche en friture... Dans le lit tu appuies deux doigts au-dessus du nombril. Sous la pulpe des doigts, tu sens les battements du cœur. Pas un instant tu n'envisages sérieusement cette promenade. Rester à la surface de l'existence. Ne pas s'ancrer. Sous aucun prétexte.

Le week-end concerné, dès le vendredi soir tu ne quittes pas la chambre. Discrète, Irina frappe quelques coups et laisse sur le palier un plateau pour ta subsistance. Les semaines qui suivent tu prends soin de ne plus croiser Marco.

*

Aux beaux jours l'ambiance entre Irina et Fabio est tendue. L'un comme l'autre tu le sais, ils sont capables de ne pas s'adresser la parole une semaine parfois ; façon moins spectaculaire que cris et coups de se faire la tête, mais pas plus inoffensive. Tu redoutes ces périodes de production en masse d'un silence rugueux plus indenté que la côte rocheuse de Ligurie, auquel tu n'échappes pas tout à fait, dont tu sens l'écorchure. Ils vont et viennent, s'acquittent des gestes ordinaires, les yeux baignant dans la sauce ils avalent leur pesant de *pasta*, sans un regard pour l'autre. Puis, un matin tu comprends que le temps de la discorde est passé, ils se frôlent, et rient, se cherchent, parlent ou disputent avec véhémence, avec l'ardeur joueuse des gens qui s'aiment.

Cette fois-ci l'anticyclone tarde à chasser le passage nuageux. Devant le miroir de l'entrée, Irina pose le chiffon sur la console, lève ses bras ronds et rattache une mèche au chignon. Cinquante-huit ans Malena, c'est trop tard tu crois, pour refaire une vie ?

Bizarrement, tu es conviée presque chaque jour à partager le dîner. Fabio et Irina se parlent par ton intermédiaire ; toi, espérant peut-être incarner sans savoir comment quelque maillon du processus de réconciliation, tu n'oses pas décliner.

Au début de l'été a lieu la Coupe du monde de football sur le sol espagnol. Le 5 juillet s'opposent l'Italie et le Brésil. Bien que Marco soit présent, tu es formellement invitée à regarder la télévision en famille. Tu te prépares plusieurs jours à cette épreuve à laquelle tu ne trouves pas comment te soustraire sans froisser ton hôtesse. Provocation ouverte à l'égard de Fabio avec qui elle est en froid depuis quelques jours, Irina supporte l'équipe brésilienne, sous prétexte d'un cousin germain émigré là-bas.

La fenêtre est ouverte, l'air de la baie tempère la canicule. De toutes les fenêtres sortent les mêmes cris, de plus en plus rapprochés, accompagnant les rebondissements de la rencontre. L'Italie domine. Irina n'ouvre pas la bouche. Elle ne reste pas assise plus de trente secondes, toujours prompte à se dresser hors de table pour ajouter une cuiller manquante, desservir un plat, rincer bruyamment une assiette, touiller sous un couvercle fumant. Fabio commente âprement le match, il interpelle la compagnie ; Marco lui donne la réplique et se tourne vers toi, cherchant ton soutien : tu connais mal les règles du foot, tu bredouilles quelques mots insignifiants tramés dans des espèces de petits sourires idiots. Quand Marco te parle il regarde dans tes yeux comme s'il allait s'engouffrer là-dedans et s'installer pour de bon. À un moment tu es prise d'un vertige : tu notes qu'à ton corps défendant vous formez, tous les quatre autour de cette table, à s'y méprendre, une image de famille.

Les trois buts de Paolo Rossi consacrent la victoire de l'Italie. La division des époux rejouée par l'adversité des équipes, quelque chose aussi dans ces yeux qui foncent en toi à la vitesse d'une voilure cambrée, rompent le monde feutré où tu évolues depuis cinq mois. La nuit qui suit le match tu n'entends plus les machines à coudre de l'atelier. Un rêve a fait irruption dans la brèche : une semaine durant, nuit après nuit, il revient.

Dans le rêve ils piochent. Une terre amaigrie par les sécheresses. Une fois aplani, le jardin sera beau. Tu pioches toi aussi. Tandis que tu pioches, à l'unisson – les autres, familiers certes, mais tu ne saurais pourtant dire qui... voisins, amis... parents, frères... amants... qui sont-ils au juste ? La terre est dure, longtemps oubliée elle résiste mais s'ouvre, peu à peu, et, en toi, dans les poumons, s'introduit le jus aigre de quelque chose qu'on a parfois sur le bout de la langue, quand on va se souvenir et

voilà, maintenant, tu sais

c'est

ici…

dieu…

pourquoi creuse-t-on précisément à l'endroit où

Si rien n'interrompt le martèlement des piochons qui entrent et retournent, dans quelques minutes le soc d'un outil va perforer l'un des sacs où…

il y a longtemps…

tu voudrais hurler

tu transpires

en toi le cri cisaille l'ombre il arrache et crache mais

Personne n'entend

se dresser, dire, je vous en prie, qu'on arrête, *pas ici*, non, dire pourquoi je ne peux pas mais non, *il ne faut pas*, creuser

mais, que dire ensuite, comment expliquer sans te trahir *qu'il ne faut pas creuser là* ? Mieux vaut encore découvrir comme par hasard *ce qui est là, dessous*, dont tu te souviens, brutalement… mais, quel visage composer, alors, comment supporter l'horreur et la honte…

Au réveil le rêve poisse ton esprit. La journée tu travailles mal. Tu commets quelques erreurs, le contremaître te reprend plusieurs fois d'un ton sec. Dans la rue tu te retournes. Tu presses le pas. Le soir tu prétends une fatigue passagère pour ne pas rejoindre tes hôtes dans la cuisine.

Assise au bord du lit tu dînes d'un en-cas payé au coin d'une rue. La radio résonne dans la cage d'escalier. Tu t'efforces de ne pas entendre les rebondissements de la guerre Iran-Irak ; bien que partiellement soulagée car ces événements prennent dans l'actualité une place telle qu'ils oblitèrent d'autres tragédies et que tu risques moins d'entendre contre ta volonté le nom de la ville que tu as quittée, tu fuis les mots qui renvoient à tout conflit. Comme si ton cerveau n'avait plus la capacité plastique d'accueillir certains vocables sans que tu t'en trouves immédiatement ravagée. Certains mots ont sur toi l'efficience de l'essence gélifiée qu'on utilise dans les bombes incendiaires, dont la formule est faite pour brûler, coller aux objets, aux personnes, si bien que tu ne peux plus t'en défaire et que tu restes, chaque fois que tu entends ces termes, les bras ballants, regard agrandi dans une silhouette noire.

Tu te couches tôt, un oreiller sur la tête ; tu t'endors sans transition. Le matin tu te réveilles groggy, le corps roué.

Un soir Irina te coince au moment où tu passes le seuil. Cariño, pourquoi tu nous évites ? Tu n'as pas bonne mine, rester toute seule, comme ça, à se ronger, quand on a vécu ce que tu as vécu, cariño ce n'est pas bon. Malena, dîne avec nous, por favor.

Tu capitules, tu retrouves la cuisine délaissée quelques jours mais tu sais que le charme est rompu.

Le rêve a opéré une fissure dans l'étanchéité du quotidien où tu t'imaginais, poisson furtif, pouvoir évoluer en vase clos, comme s'il n'existait plus aucun lien entre ta vie d'ici et l'autre ; comme si, même, tu n'avais jamais vécu ce que tu as vécu ; comme si le simple fait de poser le pied sur le continent européen avait fait de toi une femme neuve ; comme s'il était possible de tourner la page, comme si chaque fois qu'un lecteur tournait une page il se trouvait face à un début d'histoire, comme si chaque histoire ne comportait qu'une seule page, brève et inconséquente...

(Tu savais.

Ils entrent la nuit tombée dans les maisons. Leurs semelles de crêpe se pressent dans les arrière-cours pour des effractions sans effet d'annonce. Leurs épaules poussent les portes qu'on cherche à refermer, des cris se dressent sur leurs pas. Leurs costumes sombres et leurs armes précèdent l'affliction des foyers.

Ce sont d'autres méthodes.)

Depuis le rêve, des images te reviennent et te submergent que tu n'as pas le temps de faire refluer. Tu marches dans une rue bordée de troènes où se trouve une maison où tu as vécu. Tu viens de passer l'angle et tu vois, au niveau de cette maison, une ambulance. L'un des infirmiers parlemente avec l'homme qui sort de chez toi ; l'homme indique la rue : un peu plus loin, il faut qu'ils se garent là-bas, dit le geste, contre les arbres mal taillés sur le terre-plein ; dissimuler le véhicule de sorte que toi, ne te doutant pas de ce qui t'attend, tu t'approcheras comme s'approche de chez elle une femme qui rentre du marché, impatiente de poser sur la table les sacs où débordent les victuailles de la semaine, viande, poisson, pommes de terre, piments, un peu trop lourds à bout de bras et qu'à l'instant où ils te prendront par surprise tu ne pourras plus faire demi-tour et t'enfuir, à pas faussement mesurés comme tu l'as fait, pour ne pas éveiller l'attention du quartier, pour ne pas avoir l'air d'une femme suspecte, d'une femme en fuite, alors que tes jambes frémissent avec ta peur et réclament une course effrénée, que tu réfrènes ; et c'est seulement après un long trajet de détours et d'autobus, quand tu te retrouves dans un appartement qui n'est pas le tien, qu'à l'instant où tu te sens dans la sécurité relative d'un sursis, tu comprends que sous peine d'enlèvement, jamais plus tu ne retourneras dans cette maison où tu as vécu, jamais plus... Ces images gangrènent tes journées. Tu marches vite, tu te retournes. Juana l'a dit : Ils envoient des militaires, à l'étranger, traquer les exilés.

*

Impossible de parler quand les vingt couturières de l'entreprise Ricciarelli sont dans la cadence. Tandis que la machine à coudre tremble dans tes os, d'autres mots de Juana te reviennent.

— Écoute-moi Malena, si tu arrives en France, il te faudra contacter La Cimade. Ils sont organisés, ils protègent les camarades. Jamais plus on ne sera complètement en sécurité, il faut prendre des précautions. Cimade, tu te souviendras ?

Ce soir-là tu défais la natte lourde et tu restes en cheveux, longtemps, devant le miroir. Tu regardes la femme dans le miroir, ses yeux s'embuent. Cimade. Le mot, pierre orangée, dégage un magnétisme tiède. Vivre dans la clandestinité, même ici, c'est encore la clandestinité.

Le lendemain, à l'heure de la débauche tu traverses la place, tu entres chez le coiffeur. La voix est ferme. Tagliateli tutti per favore.

Avec tes cheveux courts, tu partiras pour la France. Le trajet sera long, plusieurs correspondances.

À la gare, les voyageurs attendent, parmi eux tu attends. Tu attends parmi les voyageurs en partance, tu t'appelles Malena. Tu t'appelles Malena, tu as trente ans.

Passé Vintimille, le train fait un arrêt au niveau de la frontière. Après y avoir jeté un bref regard le douanier te rend ton passeport, avec la même indolence indifférente que pour les autres voyageurs. Malena (c'est ton nom) émigre.

*

* *

Comme la veille, le noir t'accorde l'intimité qui t'est refusée jusqu'à l'extinction du plafonnier. Depuis l'étage inférieur montent les basses et les cuivres d'un merengué ; la cafétéria sans doute. Perçue depuis l'enveloppement des draps, la musique ouvre une intersection entre celle que tu étais de l'autre côté, et le monde d'ici ; dans le bloc hermétique, lisse et compact d'une France dont tu ignores tout, ce soir la musique t'offre une sorte d'accroche ; tu t'agrippes, tu te hisses dans l'anfractuosité élargie par la mélodie. Retenant ton souffle, tu te loves en elle ; tel l'alpiniste, cherchant un court repos, se recroqueville sur un faux plat, avant de reprendre l'ascension.

Tu partages la chambre avec deux Somaliennes. Cette nuit, la jeune fille pleurera-t-elle comme la nuit dernière ? Sa mère – mais s'agit-il de sa mère ou de sa tante ? d'une amie ? d'une inconnue même, croisée en cours de route, devenue dans l'adversité du voyage plus intime qu'aucune ? Ce soir encore, entendras-tu cette âme sœur quitter son lit pour rejoindre la jeune pleureuse, et murmurant des mots inaudibles, elle aussi pleurant peut-être, contre elle allongée, à elle unie par la connaissance qu'elle aurait de l'origine de sa douleur, à la sienne jumelle, se l'appropriant jusqu'à un certain point, la prendra-t-elle dans ses bras, jusqu'au sommeil rance du matin ? Dans le lit, regrettant la solitude de la chambre à Gênes, tu revois le trajet qui t'a menée depuis la gare de Lyon jusqu'à la grande bâtisse.

*

Quand tu descends l'escalier, l'odeur des couloirs du métro, brusquement, plus que six mois italiens, t'exile. Tu suis les indications notées avant ton départ par Irina sur une demi-page de cahier quadrillé. À Denfert, direction Saint-Rémy-lès-Chevreuse, ligne de Sceaux. Station Massy-Verrières. Traverser la place, devant la teinturerie ; à gauche tourner rue Max-Dormoy, passer devant la poste, tourner à droite ; au bout devant le tabac, le foyer de La Cimade. Ton regard papillonne sur la façade ; que les réfugiés soient accueillis dans un lieu aussi beau t'étonne...

Maigre, les lunettes bas sur son nez, la femme te présente son sourire de fumeuse et prononce des phrases que tu ne comprends pas. Par chance Nadine baragouine quelques mots d'espagnol. Alors tu tends le passeport, tu expliques la situation. La procédure, dit-elle, te sera exposée plus tard, par le directeur, dont le bureau, signale son doigt noueux, se trouve en haut de l'escalier.

Nadine te conduit au fond de la cour, jusqu'au terrain de sport où courent de grands gaillards qui s'apostrophent dans un anglais approximatif.

Miguel ! appelle-t-elle, et se détache du groupe, en nage, un tout jeune homme, presque un adolescent, qu'elle charge de la visite. Il sourit, *anda*, dit-il, *vou te mostrar a casa*. Ces mots au sens propre te désarment, ils arrachent ta cotte de maille. À son accent tu as reconnu un Brésilien, mais cette langue, si proche de la tienne, t'accule brutalement à un mélange d'émotion et de panique, que ni Miguel, ni Nadine, espères-tu, ne perçoivent. À tout à l'heure, dit Nadine. Tâchant de maîtriser ton rythme cardiaque, tu réponds de la main au sourire de Nadine, et tu emboîtes le pas à Miguel.

(Dans quelques minutes, parmi ces femmes, l'une va surgir et crier : Pas elle, elle n'a pas le droit, les mains vont t'attraper, te jeter hors du cortège, et les regards te couvriront de la glu d'un goudron paralysant... Jamais tu ne seras l'une des leurs...)

Miguel te montre le parc au pas de course et t'entraîne dans la maison dont il t'indique à grands traits les us et coutumes. Ici, la buanderie. Les draps, précise-t-il, sont changés toutes les deux semaines. Là, le labo photo. Désignant une pile : Le petit journal, édité sur place, par les cimadiens. Un peu plus loin, la cafétéria... Volubile, Miguel et ses longues jambes dont tu peines à suivre le rythme naturel, cavalent ensuite vers les chambres ; là, le quartier des *latinos*, comme ça qu'ils nous appellent, les Français. À Paris, ceux qui viennent d'Amérique du Sud, on les met tous dans le même sac. Pour les gens, Chili, Paraguay, c'est du pareil au même. Et toi, argentine on dirait ? Sí ? Ici, continue Miguel, tu as quelques compatriotes, Ilan, Faustino, Manuel...

(te jeter hors du cortège, et les regards te couvriront de la glu)

Coûte que coûte, dissimuler le trouble que ces paroles déclenchent en toi. Miguel enchaîne : Sois tranquille, on s'en sort, ici. Les Espagnols, confie-t-il, nous aident beaucoup. Ils savent, eux, ce que c'est que de débarquer en laissant tout derrière soi, pour tout reconstruire.

Vous vous tenez maintenant devant la porte indiquée tout à l'heure par Nadine comme étant celle du bureau du directeur. Tant que c'est allumé, explique Miguel, tu peux venir frapper à la porte. Monsieur Serge, c'est quelqu'un, tu verras.

Tu rejoins Nadine à l'accueil. Avant de te conduire à ta chambre, elle te remet un petit pécule, de quoi acheter des tickets-restaurant. Tu apprends que tu as droit à des cours de langue à l'Alliance française, ainsi qu'à la protection maladie.

Quand tu comprends que tu ne logeras pas avec les latinos dont les chambrées sont masculines, ta respiration se déploie, comme si dans ton dos une main venait de délier le lacet d'un corset restreignant l'arrivée d'air dans tes poumons. Devant toi les sandales de Nadine claquent sur les marches de l'escalier. Tu la suis, tu entrevois le profil doux d'une vie qui, peut-être, t'attend, dans ce pays où tu avances à l'aveuglette.

Pour l'instant la chambre est vide, mais les effets des deux pensionnaires somaliennes qui t'ont précédée sont pliés, nets sur les étagères. Le lit qui t'est affecté est du côté de la fenêtre. Tu t'agenouilles sur le matelas, tes yeux glissent sur les arbres du parc, érigés dans l'immobilité brûlante de juillet.

En attendant l'accueil officiel de Serge Gilles, Miguel t'a résumé la procédure : te déclarer dans une préfecture, déposer sous vingt-et-un jours un dossier à l'OFPRA par lequel justifier de ta présence en France et des dangers que tu cours dans ton pays. Tu recevrais un récépissé t'autorisant à résider en France, mais n'aurais pas le droit de travailler. D'ici la décision, tu jouirais d'une allocation de demandeur d'asile et pourrais bénéficier d'un logement dans un centre d'accueil pendant six mois. À cette échéance, l'OFPRA examinerait ta demande, tu serais reçue pour un entretien. Le statut de réfugiée te serait accordé, ou non. En cas de refus tu pourrais déposer un recours auprès de la Cour nationale du droit d'asile. Si ta demande était rejetée, il te faudrait quitter le territoire.

*

Malgré les murs épais la musique vibre dans tes os. Tu te demandes si de l'autre côté de la chambre tes deux compagnes se sont endormies, comme s'endorment parfois les enfants dans la grande nasse du bruit que fait le monde des adultes, les enveloppant de sa texture comme d'une coque.

Peut-être la musique des latinos procure-t-elle à la jeune Somalienne un sentiment de protection plus grand que le silence. Peut-être, la musique occupant de son hégémonie spasmodique l'espace intérieur autant que l'espace de la chambre, n'y a-t-il pas ce soir place dans les cœurs pour autre chose qu'elle...

Nul doute qu'Ilan, Faustino et Manuel se trouvent parmi ceux qui chantent et frappent dans leurs mains, en bas.

Combien de temps peux-tu rester ici sans décemment les rencontrer ? Si ne pas les avoir croisés aujourd'hui peut passer pour un hasard, demain, il te faudra, sous peine de t'attirer des questions, courir le risque de rencontrer leurs visages.

Allez, penses-tu, ça suffit la peur. Le jean que tu portes, l'allure que te donne la jolie coupe courte, ont fait de toi une autre femme, murmures-tu pour toi-même, entortillée dans le drap jusqu'au nez malgré la chaleur.

*

(À l'angle de l'avenue Corrientes, près de la Bourse, tu bifurques en direction de la vieille poste et laisses les arcades derrière toi. Tu n'oses pas descendre dans le métro. Les journées, d'abord lentes et sans contours, ont pris un cours ferme, presque incisif. Pourtant, seule tu ne fais que marcher, tu n'as nulle part où entrer. Toi, tu ne possèdes pas la carte du « libre accès ».)

*

Tu viens de tourner la clé dans la serrure. *Podes devolverme el libro ?* Tu tressailles, voir, ne pas voir, celui qui vient de prononcer cette phrase avec l'accent chantant de Buenos Aires, à quelques mètres de là. *No lo he terminado aún, mañana.* Dans le couloir tu n'oses pas te retourner mais tout ton être palpite, chaque cellule unie aux autres : en une fraction de seconde tu es ce grand tympan, prêt à capter encore d'autres mots que ceux qui maintenant circulent en toi avec une plasticité douce, au contact desquels tes fibres, attiédies, se détendent.

Mais tu prends la tangente. Tandis que tes pas t'éloignent d'elles les voix bavardent, et tu donnerais tout pour faire demi-tour, rejoindre l'intimité inouïe qu'instaure le partage d'une langue avec deux inconnus, mais tu prends la tangente. D'un pas tranquille tu t'enfuis vers l'escalier, comme tu t'es enfuie tant d'autres fois, comme si ces réfugiés constituaient pour toi un danger objectif, et que ta survie dépendait de la capacité de tes pas à te soustraire au champ de leur regard.

*

Depuis que tu loges au foyer, tu as pris l'habitude de passer au Groupe Accueil et Solidarité, à Anthony. À l'instant où tu as franchi la porte de l'ancienne chapelle, tu as su que tu reviendrais. Geneviève et Françoise dégagent une gaité simple. Que des personnes se portent bénévoles et s'impliquent pour une cause éloignée d'elles, cela te touche. Elles racontent comment l'association est née d'une rencontre avec une Argentine. Comment au départ, il s'agissait de payer des billets d'avion à ceux en danger de mort, là-bas. Le jeudi, Geneviève se rend devant l'ambassade argentine avec des organisations de défense des droits de l'homme, pour réclamer le retour des disparus argentins et français. C'est le moins qu'on puisse faire, dit-elle, quand on pense à ce que bravent celles de la Place de Mai... Tu n'as pas la force de rejoindre les manifestants, mais malgré ton malaise tu ressens pour Geneviève une sorte de reconnaissance. Tout ça au fond, c'est pas grand-chose ; mais on dérange, explique-t-elle ; le fait qu'il y ait des Français avec des Argentins ; ça les dérange...

Un samedi, l'association organise sa première brocante pour renflouer la caisse. Et puis, toute occasion de permettre aux Français et aux réfugiés d'entrer en contact est bonne à prendre, dit Françoise. Pour faire connaissance, quoi de mieux qu'une fête ? un anniversaire ; une soirée poétique ; une exposition d'artistes réfugiés... Tu comprends vite qu'ici, le risque de croiser des personnes que tu aurais connues là-bas est quasi nul.

Avec la camionnette, réfugiés et bénévoles ont rassemblé des objets dont les propriétaires souhaitaient se défaire. Dans la chapelle, vous dressez des planches sur des tréteaux. L'événement attire du monde. Tu passes la journée avec Natalia, comme toi argentine, derrière le stand des vêtements. Tu admires le français souple avec lequel la bouche de Natalia s'adresse aux visiteurs qui cherchent leur bonheur dans les piles de robes, chemises, manteaux. Entre les clients, tu apprends qu'elle est assistante sociale. Inlassablement vous repliez les vêtements que déplient ceux qui cherchent leur taille. Vers dix-sept heures, la foule se clairsème. Rompues, vous vous asseyez, et dans l'intimité naissante, Natalia raconte son arrivée en 1977.

Son récit se fait par petites touches sobres. Elle brosse son parcours, son mari disparu, son cousin assassiné. Tu évoques ta propre histoire, ta situation actuelle, l'attente du verdict de l'OFPRA, les soirs au foyer.

Natalia par chance a pu loger à son arrivée chez un ancien étudiant qu'elle avait, à Buenos Aires. Comme tu t'étonnes de ce qu'elle puisse exercer ici en tant qu'assistante sociale, elle explique les cours de français, puis dans la foulée comment elle a pu obtenir des équivalences, exercer de nouveau son métier.

Tu confies ta réticence à apprendre l'italien d'abord et maintenant le français, sans que tu saches très bien pourquoi ; ou plutôt, tu pressens qu'apprendre la langue est l'acte irréversible qui fera de toi quelqu'un d'autre, te coupera de celle que tu es encore.

Tu dois parler français, Malena, dit Natalia, avec douceur. Est-ce qu'on connaît le temps qu'on va rester ? Certains s'imaginaient partir quelques semaines... Huit ans qu'ils sont à Paris. Il faut se jeter à l'eau Malena, accepter de construire une autre vie.

Tout cela, tu le sais. Et puis, tout ce que tu avais à perdre, ne l'as-tu pas déjà perdu ? Durant les trois semaines passées à La Cimade, tu as déposé un dossier. Tu as senti combien être accompagnée par une Française pour tes démarches à la préfecture était plus facile. Combien tu avais été mieux reçue que si tu avais dû t'y rendre seule, avec tes maigres mots tenant dans un dé à coudre.

*

Un midi, à la cafétéria, Miguel te parle de l'université, qu'il rêve de rejoindre à l'automne.

Il te demande quelles études, toi, tu souhaites reprendre, après ta régularisation. Des études… Tu rougis ; submergée, tu t'entends répondre le plus naturellement du monde, « histoire de l'art »… À ces mots que tu prononces sans préméditation, tu rejoins cette pensée, que tu n'aurais pas anticipée quelques minutes plus tôt : toi aussi, Malena, trente ans, pourquoi pas, tu pourrais reprendre des études… Mais à peine entrevois-tu cette opportunité qu'une objection cinglante s'interfère : que pourrais-tu apprendre, dans une langue qui t'est complètement étrangère, au point qu'acheter le pain reste une entreprise hasardeuse, dont tu ne viens à bout qu'à renfort de gestes et de mimiques honteux ? Histoire de l'art, s'écrie Miguel en riant, et tu comptes gagner ta vie avec ça, histoire de l'art ? Et tu ris toi aussi, ébranlée par l'incongruité de ta sincérité.

(À un moment le crayon laisse une trace. Naissent des racines, des herbes entortillées, parfois l'esquisse d'un paysage, au fond d'un œil. Le plaisir de tracer est intense… La fillette que tu étais rougissait dans sa chambre…)

*

Geneviève t'accompagne chez une dame plus très jeune, qui cherche une « personne » pour lui faire un peu de ménage, et du repassage. Geneviève parlemente avec l'inconnue, pour toi ; tu écoutes, le rythme des phrases, la tonalité montante, le jeu des répliques d'une tractation dont tu es l'objet, sans avoir accès à ce qui se dit. Les joues brûlantes, quelque chose cède en toi ; tu conviens en toi-même qu'à moins de rester dépendante à vie, il te faut faire cet effort-là, apprendre le français. Te jeter dans la gueule de la langue. J'apprendrai le français, articules-tu lamentablement à l'intention de Mademoiselle Germain, qui laisse fondre sur toi la compassion qu'on a pour ces chiens aux yeux tristes, derrière les barreaux de la SPA.

Mademoiselle Germain t'appelle *mon petit*, elle enseigne le piano dans son appartement. Tu t'y rends deux fois par semaine, le lundi matin pour le ménage, le jeudi après-midi pour le repassage. Ce jour-là, la porte du salon demeure fermée, filtre les voix et le son du piano. Le jeudi tu ne vois Mademoiselle qu'au moment où elle t'ouvre la porte, avant de s'esquiver sur un court « à lundi » qui tient lieu de salutation. À chacune de tes visites, elle dépose à ton attention sur le guéridon de l'entrée une pastille de Vichy dans une coupelle. La première fois que tu goûtes ce présumé bonbon, tu es saisie d'écœurement au contact du composé médicamenteux d'huile essentielle de menthe et de sucre, dont la texture se défait en paquets mous sur la langue.

Des questions t'embarrassent. Es-tu censée déguster la pastille en arrivant, ou en partant ? S'agit-il d'un don généreux, ou ton haleine dérange-t-elle Mademoiselle Germain ? Tu t'en veux de ces arrière-pensées, favorisées par le parfum horrible du cachet qui peine à prétendre au statut de douceur. Le jour de la leçon, tu te contentes de fourguer la pastille dans la poche intérieure de ton sac à main, avant qu'elle ne rejoigne ses pareilles dans la cuvette des W.-C. du foyer.

Pour cette raison tu préfères le jeudi au lundi, où tu avales en présence de Mademoiselle Germain, les yeux embués par la menthe. Aussi, le repassage te procure une sorte de contentement organique. À détendre en quelques gestes la fraîcheur froissée d'un drap qu'on plie et chauffe alternativement, tu glisses dans un léger état hypnotique ; l'expiration du fer, l'odeur de propre qui se dilate dans la chaleur sur fond de gammes et d'arpèges, de *Lettre à Élise* ou de *Marche turque*, cette atmosphère de bourgeoisie intemporelle t'enrobe, t'enfonce avec volupté dans l'instant.

Le lundi tu redoutes la présence inquisitrice de Mademoiselle Germain, qui t'accable de conseils pointilleux concernant l'art de cirer, frotter, dépoussiérer. Le nombre de brosses, la variété des formes et usages, te déconcertent. Suspendues en rang d'oignon, elles occupent tout un pan de mur, les unes formées de filaments souples, soie de porc, chiendent, paille de riz, d'autres, assemblage de filaments métalliques ajustés dans une même monture... Chaque objet de l'appartement de Mademoiselle Germain paraît relié par une obscure correspondance à « sa » brosse particulière. Il te semble, quand tu ouvres la porte du cagibi où s'alignent les ustensiles de ménage, te retrouver devant une réplique cryptée de l'appartement, dont tu peines à décoder les signes. Comment t'y reconnaître, entre ces goupillons simples ou doubles, ces brosses courbes ou raides, souples ou rigides, celles dont les poils sont fixés par paquets les uns à côté des autres sur une tablette de largeur variable, ou enserrés entre des fils d'acier, adaptables par une griffe à un manche, celles munies parfois d'une lanière de cuir pour les maintenir au pied, d'une poignée fixe ou amovible ?... Brosse à polir, à lustrer, racler... Chaque brosse porte en sa forme sa raison intrinsèque qu'il te faut découvrir par toi-même, et ta vie entière n'y suffirait pas. De même que l'usage pharmaceutique des plantes est induit par leur forme selon le principe de ressemblance à l'organe, tu te concentres pour discerner le geste lové en chaque brosse : lustrer l'argenterie, se faufiler entre les lames des radiateurs, restaurer la texture soyeuse des tapis, épousseter la délicatesse des meubles – distincte de celle du parquet qu'on brique, de la baignoire qu'on récure ou encore de l'évier –, dépoussiérer la raideur des tentures, la fragilité des vêtements... L'usage de l'une en particulier, constituée de languettes de crêpe, reste énigmatique, et tu ignores encore à quoi elle sert, le jour où Mademoiselle Germain t'offre un café dans la cuisine, et t'annonce, les yeux pâles, la tête un peu penchée sur l'épaule gauche, d'une main resserrant le châle autour de son cou, qu'une de ses nièces désargentée vit une mauvaise passe, et qu'il n'est plus nécessaire de revenir la semaine suivante.

En sortant tu rejoins par un lacis de ruelles un boulevard dont tu oublies souvent le nom. Tu traverses au niveau d'un bâtiment qui ressemble à une ruine, à côté d'une bouche de RER, un musée peut-être, il faudrait que tu te renseignes. Tu descends ce boulevard au rythme de la foule et quand tu arrives au niveau de la fontaine, tu remarques, un peu plus bas, à l'angle du quai, sous la toile jaune de l'auvent, les carnets. Tu ralentis, tu pénètres entre les étals dressés sur le trottoir, à l'entrée du magasin. Les bacs débordent de matériel à dessin, bradé à des prix extraordinairement bas. Tu ouvres la couverture cartonnée d'un bloc de pages couleur sable, tes doigts tremblants passent sur les feuilles, dont ils apprécient le grain, la douceur...

Sous tes paupières revient le souvenir lointain d'une fillette éveillée tôt dans le petit matin, tirant en secret un carnet précieux de dessous l'oreiller, pour y tracer des formes rappelant parfois celles que tes yeux croisent dans le monde, à l'heure où la maison dort encore. Autour de toi le bruit de la circulation est intense, il crée un maillage plein où aucun bruit ne serait plus assez distinct pour attirer ton attention. Tu détailles chaque article du rayonnage, puis tu portes ton choix sur un cahier de feuilles de papier kraft que tu paies en même temps qu'un stylo bille et un crayon de bois, avant de les glisser dans ta besace, les joues roses à la pensée des croquis qui verront le jour dans ta chambre.

Après Mademoiselle Germain, tu travailles quelques semaines dans un grand appartement où tu croules sous les chemises à repasser. Le « monsieur », que tu ne vois jamais, semble avoir un poste important, qui requiert de nombreux costumes. Tu te reflètes dans la laque noire de la cuisine moderne ; tu te hisses sur l'escabeau pour laver les baies vitrées ouvertes sur Paris.

Tu restes encore moins longtemps chez l'employeur suivant, une famille dont le logis est colonisé par les jouets, car la présence des enfants en vacances te plonge dans une tristesse où tu as peur de te noyer.

Jusqu'à l'automne ils défilent, les appartements ; tes employeurs toujours pour une raison finissent par te donner ton congé, mais cela ne t'angoisse plus car tu sais que tu retrouveras d'autres appartements à ranger et récurer, débordant de linge à plier, de vaisselle à faire, de courgettes à éplucher, de carottes à émincer, car ici les gens n'ont pas de temps à consacrer à ces choses matérielles.

*

Septembre, Miguel t'indique les formalités des demandeurs d'asile pour une inscription à l'université. En cours du soir ton français progresse, cela te grise. La nuit, il te semble que la langue tapisse ton être d'une identité nouvelle. Tu te découvres en français des audaces que tu n'aurais pas dans ta propre langue ; te voilà comme dégagée de la réserve qui forçait sur toi depuis toujours par la main du père. Tu remercies Natalia de t'avoir accompagnée, quasi manu militari, à la porte, pour ton premier cours.

Tu restes le moins de temps possible au foyer. Quand tu as fini tes heures de ménage tu marches dans la ville ; tu prends tes quartiers à la bibliothèque de Beaubourg, dont tu palpes l'espace, le silence ample, piqueté de murmures par centaines. Tu as découvert le Centre Georges Pompidou par hasard, lors d'une promenade, en août. Tu tournes autour de l'édifice plusieurs fois, sans oser entrer dans cette usine en plein Paris. Tu finis par comprendre ta méprise et te risquer dans le bâtiment. Ce lieu dépasse tout ce que tu connais. Cette ville dans la ville devient un lieu refuge ; tu t'y sens chez toi, au bord de l'avenir. Là, tu feuillettes les livres d'histoire de l'art, dans l'oubli des heures.

Un mercredi, comme tu te déplaces entre les tables silencieuses, ton œil est arrêté par le visage rond et sans bouche de Mafalda dans l'album au-dessus duquel se penche un quinquagénaire goguenard. Au rayon Bandes dessinées le dessinateur est mis à l'honneur : tu apprends sur un écriteau que Quino vient d'être élu Caricaturiste de l'année au Salon international de l'humour de Montréal ; ton cœur danse, une espèce de fierté personnelle te prend par surprise : la fierté d'être argentine, as-tu jamais ressenti cela ?

À la lettre Q, tu trouves d'autres albums, étrangement familiers. Avec ce curieux décalage que crée la traduction, ton français naissant retrouve l'héroïne, une impertinente gamine née dans l'esprit de ton génial compatriote.

*

Chaque fois que tu débouches sur le trottoir pour entrer ou sortir du foyer, tu ralentis, tu t'imprègnes des couleurs, de l'odeur venue par la porte ouverte du fleuriste. La boutique est petite, elle fait l'angle du boulevard. D'un côté deux mètres de vitrine, de l'autre moins encore, à cause de la porte. Travaillée, la devanture orchestre des citations d'écrivains français en lien avec la saison, l'humeur du jour, copiées à la main sur des cartons d'une écriture déliée, avec des végétaux, branches, pierres, parfois des photographies, ou des reproductions de tableaux. Tu distingues au-delà des reflets de la vitre l'expression accueillante de la fleuriste derrière son comptoir.

Un soir que tu t'attardes, elle te fait signe. Je vous vois, dit-elle, vous vous arrêtez souvent ; nous sommes voisines, sourit-elle, et sa lèvre se retrousse sur des dents légèrement écartées qui lui prêtent un air enfantin. Tu la complimentes sur sa boutique, simple et personnelle, qui donne moins l'impression de se trouver dans un magasin que vraiment « chez » quelqu'un. Avant de rentrer, tu prends l'habitude de passer un moment dans la boutique. Vous bavardez, de choses menues. Pas une seule fois Emmanuelle ne t'interroge sur ton accent, sur ta vie. Vous faites connaissance par contiguïté, sachant peu de choses l'une de l'autre. Vous vous contentez de deviner.

Peu à peu Emmanuelle te confie certaines tâches ; tu aimes aller dans la chambre froide chercher des fleurs manquantes ou de la gypsophile, du lierre et d'autres branchages qu'elle rapporte de ses promenades, ces végétaux donnent à ses compositions une allure plus vivante, moins conventionnelle. Emmanuelle t'initie à l'art du bouquet rond, dont la réussite dépend d'un maintien ferme conjugué à l'orientation des tiges, afin d'imprimer à l'ensemble la fameuse structure en colimaçon, par un enroulement lent et régulier. Le frais toucher des végétaux, le crissement des tiges des tulipes, la fragilité des anémones, l'architecture fine de la camomille, te procurent un plaisir intense ; ils te ramènent vers les temps anciens de l'enfance, où tu vivais à la campagne avec ta famille. Si tu évites de penser au père, contacter ton enfance par ce biais est une chose que tu concèdes.

Tu es douée, encourage Emmanuelle, tu pourrais faire cela, devenir fleuriste.

Parfois tu te lèves à trois heures, Emmanuelle t'emmène à Rungis. Le véhicule utilitaire emprunte le périphérique, puis l'autoroute ; rouler dans la nuit est une expérience neuve ; les yeux brûlant de sommeil se froncent chaque fois qu'on croise les phares de la voie opposée. À Rungis tu découvres la foule des travailleurs nocturnes, l'effervescence des commerçants qui se hâtent et font leur choix dans l'opulence de l'offre. Tu suis Emmanuelle, tu consignes dans le grand chariot les fleurs coupées qu'elle sélectionne. Il s'agit de revenir avant les embouteillages, de laver les pots, dresser les nouveautés pour attirer le regard des passants à l'ouverture, qui signe la fin d'une première étape dans l'immense journée de travail attendant Emmanuelle.

*

Depuis que tu es étudiante, tu dors à la Cité U de la maison du Brésil. Il a fallu trouver un travail de nuit quand les cours ont commencé. Par des amis, Natalia t'a trouvé un job au noir : tu fais l'accueil dans un hôtel suffisamment luxueux, où ta tenue et ta coiffure doivent être irréprochables. Tu rôdes dans le rayon maquillage des Galeries Lafayette. Le maquillage, tu n'as pas l'habitude. Tu as chaud, la somme des parfums s'annule par excès et te fait tourner la tête. Sur les conseils d'une vendeuse, tu repars avec un bâton vermillon que tu passes sur tes lèvres dans les toilettes de l'hôtel, au début de ton service. Au petit matin tu le frottes avant de reprendre le premier métro. Les clients arrivent rarement après vingt heures, tu as peu d'occasions de leur parler, à part les Bonne soirée d'usage que tu dispenses chaque fois que quelqu'un traverse le hall, pour se rendre au restaurant ou au spectacle, puis plus tard, les Bonne nuit monsieur Bonne nuit madame, quand ils regagnent leur chambre.

À la fac les cours sont difficiles, à cause de la langue. Dans l'après-midi, si tu es lasse de ne rien comprendre, tu ne te rends pas au cours suivant. Alors tu vas au musée. Pour économiser le prix du billet du Louvre, tu dînes d'une demi-baguette et d'une boîte de maquereaux. Tu passes du temps devant *Saint François donnant à manger aux oiseaux* de Giotto, *Adam et Ève chassés de l'Éden* de Masaccio...

Le vendredi soir tu rejoins Ilian et Faustino qui vivent chacun dans une mansarde de sept mètres carrés où il fait froid depuis octobre. Ils partagent les toilettes sur le palier. D'autres Argentins se joignent à vous, Manuel parfois, des hommes surtout. Natalia, à qui tu proposes de vous retrouver, décline l'invitation.

Toi-même, il est rare que tu aies vraiment envie de voir les « camarades ». Non que tu redoutes les questions. Ils ont appris à connaître ta pudeur, ta réticence à revenir sur l'histoire que tu racontes, au temps des présentations ; mais les disputes presque chaque semaine viennent sabrer la fraternité des débuts de soirée. Pourtant tu y retournes.

Que cherches-tu ces vendredis soir, dans ces soirées où trop nombreux serrés sur un bord de matelas on se chauffe au four, sinon, crois-tu d'abord, la langue qui te manque ? Là où tu attends un peu de chaleur humaine, dans la fumée des cigarettes, tu te retrouves fascinée par ce que tu apprends, par ce que tu comprends.

En écoutant, un mug de maté brûlant tes doigts glacés, tu prends la mesure de ce qui se passait vraiment, là-bas.

Immergée dans le détail des circonstances de ta vie, tu pressentais mais tu ignorais l'action véritable de la junte.

Pour toi, dans ces mansardes se dresse le grand panorama de la guerre qui t'a conduite ici ; comme le soldat qui déserte se retourne en haut d'une colline pour embrasser l'étendue du combat, exsangue tu prends la mesure de la situation des prisonniers politiques, de celle des journalistes, des étudiants, des médecins. La politique de disparition massive et forcée, le système national de camps de concentration t'apparaissent dans leur réalité mécanique, méthodique, programmée. Incluant la torture.

Le vol des enfants.

(De loin, tu vois des lettres sur les foulards. Chaque fois que tu croises une femme qui arbore un de ces langes et rejoint le groupe, tu déchiffres les noms ; toujours un nom est brodé, ainsi qu'une date. Les disparus. Les prénoms féminins, associés au printemps 1979, te font peur. Tu as peur qu'un de ces noms soit une mère. Les bébés des étudiantes qui disparaissent disparaissent avec elles. Dans leurs ventres ? Les mères, parfois grand-mères, viennent sur la Place de Mai, pour protester. Retrouver leurs fils, disparus, leurs filles devenues mères peut-être, disparues. Elles viennent sur la Place de Mai. Se rassembler ? Elles n'en ont pas le droit. La police exhorte : Dispersez-vous ! Ah, se rassembler, elles n'ont pas le droit de le faire ? Alors elles marchent. Tous les jeudis. Il arrive que ces femmes marchent vingt-quatre heures sur la Place de Mai.)

Tu rentres de ces soirées du suif à l'âme, vêtements et pores imprégnés de nicotine. Les jours qui suivent, il te semble que tu vas tomber malade et te retrouver clouée au lit pour longtemps. Tu t'y rends de moins en moins. Tu es différente de ces hommes dont tu déchiffres semaine après semaine la stratégie humiliante à laquelle l'exil les contraint. Ici, ils ont vite fait de le comprendre : pas question pour eux d'être trop explicitement ces militants révolutionnaires qui se retrouvent dans des comités et tentent d'agir pour leur pays de l'extérieur.

Certes, vous les Argentins avez bonne presse, auprès de la gauche française notamment ; la chute d'Allende a provoqué une sensibilisation publique à l'encontre des dictatures latino-américaines qui ne respectent pas les droits de l'homme. Votre condition de victimes vous vaut même d'être des réfugiés de première catégorie, contrairement aux Maghrébins qui baissent le front dans le métro. La disparition de deux religieuses françaises il y a cinq ans a alimenté l'émotion de l'opinion publique. Mais la peur du terrorisme rôde : le pays des droits de l'homme attend de vous que vous ayez un langage humanitaire, pas politique. Ici, on ne veut pas entendre parler de vos conflits. Aussi les camarades, pour être adoptés, font-ils silence sur leurs identités politiques préalables. Pour bénéficier de la solidarité, les militants politiques se sont mués en victimes hors de tout soupçon.

Une fois que vous vous êtes retirés dans la mansarde, cette honte de jouer la comédie attise les désaccords ; toujours les mêmes, ces chamailleries tournent autour des petites différences que chacun prend soin de cacher devant les Français, mais dont la tyrannie ressort entre vous, aussi aigre que celle des vieilles querelles familiales.

Parfois ces discussions te rappellent celles qui s'élevaient certains soirs dans la loggia, à Buenos Aires, dont tu fuyais la rotation vive et coupante comme une scie. Les disputes trahissent les mouvements tectoniques qui malmènent ces possédés, secrètement animés puis éteints dans le même temps par le désir et la peur d'être assassinés en France, briguant l'image restaurée d'eux-mêmes en héros, humiliés par la perspective d'une mort de pure façade, inutile d'être isolée, loin du grand corps du peuple en lutte, là-bas, de l'autre côté.

Car ici on affabule, on oublie que là-bas, des camarades ont été arrêtés ou sont morts, que des organisations sont démolies ; on oublie qu'un soir on s'est retrouvé seul la peur au ventre, sans point de repère, sans encadrement, et qu'on est parti pour ça.

Derrière la joute des concepts qui cisaillent l'air en boucle sous les toits parisiens, tu devines l'impuissance dans laquelle l'exil cantonne ces hommes, presque tous très jeunes, façonnés depuis l'adolescence par l'adrénaline de la lutte, vieillis soudain par la fuite, pétrifiés par le silence où les plonge la crainte, s'ils racontent leur histoire, d'être taxés de guérilleros, la crainte qu'on ne les comprenne pas, qu'on pense que si ça leur est arrivé ça n'est pas pour rien, car partout et de tout temps, pour ceux qui ne connaissent que leur confort, il n'y a pas de fumée sans feu.

La dernière fois que tu y vas, tu te réveilles dans la nuit qui suit, oppressée par un rêve où une femme s'enfuit, avec un enfant. La femme grimpe dans une tour, il faut faire vite ; au fur et à mesure qu'elle grimpe, autour d'elle et sous ses pieds la tour s'effondre, si bien que pour échapper à la chute il lui faut grimper encore ; mais l'ascension, à cause du poids de l'enfant, est ralentie ; le poids de l'enfant aussi est un problème, est-il possible qu'un enfant soit aussi lourd dans les bras ? Tu te souviens de cela, une femme voudrait regarder l'enfant trop lourd dans les bras, trop lourd pour grimper vite, trop lourd alors il faudrait regarder cet enfant pour voir si, peut-être, cet enfant s'il est si lourd peut-être est mort alors à quoi bon, cet enfant trop lourd maintenant dans les bras bien trop lourd pour être encore vivant… Mais vérifier, elle n'en a pas le temps, vérifier pourrait, tous deux, les précipiter dans l'abîme d'une tour qui s'effondre alors elle grimpe, l'enfant dans les bras, sans regarder l'enfant dans les bras, lourd, tellement lourd…

Tu t'éveilles dans les larmes.

Dans l'obscurité tu pleures un chagrin lointain et interdit.

Quand tu as fini, impossible de te rendormir.

L'atmosphère confinée de la chambre te pousse dehors.

Tu marches, au hasard, dans la beauté discrète du matin. Tu suis la pente légère de la contre-allée d'un grand boulevard. Le tapis de feuilles mortes que chaque foulée brise un peu plus est souple sous la semelle. Au loin monte le vrombissement d'un moteur.

Tu marches, dans le craquement et l'odeur fade des feuilles, allant à la rencontre de l'engin dont la rumeur, peu à peu, se concrétise, se densifie ; tu distingues, au loin, la lenteur inexorable d'un ballet d'uniformes fluorescents. Tu avances, la scène grossit, se précise, jusqu'à ce que se lève l'énigme de la cérémonie dont tu es fortuitement l'unique spectatrice.

Les hommes harnachés promènent devant eux, par un mouvement continu, la trompe articulée dont l'haleine formidable soulève par paquets les feuilles ; méthodique la chorégraphie mètre après mètre reconduite produit, sur les côtés, des tas bruns qu'avale la balayeuse, affichant la nonchalance avec laquelle les dieux reçoivent l'offrande.

Subjuguée, tu t'arrêtes. Tu restes plantée là, captivée par le manège ; s'approchent les souffleurs de feuilles jusqu'à prendre taille humaine, et voilà qu'ils sont autour de toi ; indifférents à ta présence ils ne te font pas signe de t'écarter, non qu'ils t'ignorent puisqu'ils prennent soin, malgré l'anonymat de leurs casques, de te contourner avec la déférence distraite qu'on a pour les statues des parcs ; et tu te trouves au cœur du cérémonial, et il te semble, avec les feuilles, qu'une douleur se détache de toi, et qu'avec elle, écaille après écaille, pensées, images, souvenirs, volent sous le souffle assourdissant et rejoignent, avec les feuilles, le ventre de la machine où tout s'annule, où tout s'oublie.

Quand ils sont passés, tu ressors, rincée, légère, sans passé, neuve comme après un rituel chamanique.

C'est décidé. Couper avec les latinos. Vivre ici. Devenir celle que tu as choisi, il y a presque un an, de devenir.

*

Tu refermes le dictionnaire avant de diriger les yeux une nouvelle fois sur le portrait de Margareta van Eyck, étrange et policé ; policé, par le conformisme de la pose de trois-quarts du modèle devant un fond noir mat et sans relief, par la présence de l'élégante robe de laine rouge, bien que la doublure grise, évoquant alors la sexualité féminine, vienne glisser quelques notes intimes dans ces choix austères. Étrange en même temps que policé, ce portrait d'épouse, penses-tu considérant la façon de peindre la tête, énorme par rapport au corps, le front haut, le strabisme de l'œil gauche ; sans compter que la huve, cette coiffure médiévale qui forme deux espèces de cornes très laides, rehausse encore l'impression de difformité que produit le portrait qu'un peintre a réalisé, il y a cinq cents ans, de celle qui partage sa vie.

Tes yeux une nouvelle fois sont aimantés par le texte latin qui, jusqu'à il y a quelques minutes, ne faisait pas sens pour toi, *CONIUNX MEUS IOHANNES ME COMPLEVIT. ANNO. 1439°.15°. IUNII. AETAS MEA TRIGINTA TRIUM ANNORUM* ; tes yeux quittent la phrase latine et reviennent à la traduction française donnée par l'éditeur dans une note de bas de page, *Mon époux Johannes m'a achevée le 15 juin de l'an 1439. Mon âge est trente-trois ans.* Suit, invariablement, la devise, orgueil et humilité, sorte d'objet mental biface : *ALS ICH CAN* que tu comprends mieux en allemand qu'en français, *Du mieux que je peux.*

(*Il* souffle, *il* halète ; mais pourquoi se laisse-t-elle faire bon dieu, les ressorts couinent, les parties du corps rendent des sons différents c'est presque musical, tandis que le poing écrase le nez, l'arcade, la poitrine, tandis que les mains tordent les bras, remontent la chemise, claquent et frappent, cognent, tabassent, s'escriment dans la chair d'une femme absentée, bleue dans la transparence réfractée des fenêtres, car elle n'est plus tout à fait dans son corps et c'est tellement plus simple.)

Qu'est-ce qui t'arrive ? demande Paul. Tu lèves la tête vers le jeune homme, tu indiques l'inscription sur le cadre. Eh quoi ? On vient de le voir, Van Eyck est le premier peintre flamand à dater et signer systématiquement ses œuvres, reprend Paul, montrant les mots qui figurent sur l'autoportrait présumé de l'artiste dit *L'Homme au turban rouge* : *JOHES DE EYCK ME FECIT ANO MCCCC. 33. 21. OCTOBRIS,* dit le tableau auquel le peintre donne la parole, *Jan Van Eyck m'a fait le 21 octobre 1433* et là, à côté, sa devise, *AIC IXH XAN*.

Certes, objectes-tu, mais dans celui qui figure son épouse, ce n'est pas le tableau qui parle, c'est Margareta, c'est sa femme elle-même. Et comme Paul, attendant la suite, se tait, tu précises : Le peintre, oui, donne la parole à l'œuvre dans le tableau qui le représente, lui. Avec ce regard qui pour la première fois de l'histoire de la peinture flamande sort littéralement du champ en direction de l'observateur. Ce qui provoque en toi – mais cela tu ne le dis pas à Paul – chaque fois que tu le croises, une légère commotion, un détraquement quasi imperceptible du rythme cardiaque, lié à cette impression que dans ce regard d'outre-tombe qui t'est adressé s'annule la limite tacite entre le réel et sa représentation, annulation plus troublante que dans la photographie, coutumière du procédé qu'elle réclame, soulignée, *cheese*, par le sourire, tenue de soirée exigée ; mais dans la peinture, à travers les âges, ce regard sévère qui traverse le quatrième mur du tableau, t'adresse à toi, Malena, une injonction coupante qui te glace… Oui, reprends-tu, les termes se ressemblent, mais dans son autoportrait, c'est le tableau qui parle, alors que dans la partie inférieure de celui où il représente sa femme, il écrit *Mon époux Johannes m'a achevée le 15 juin de l'an 1439, mon âge est trente-trois ans* !

Paul te regarde sans comprendre, surpris de ta véhémence toi qui d'ordinaire est cette femme discrète et posée, dont il ne reconnaît pas tout à fait la voix éraillée par un précipité acide.

Tu ne comprends pas ? Ce que je te dis, Paul, c'est que ces mots, ils sont mis dans la bouche même de la femme, comme si c'était l'épouse et non sa représentation qui parlait, tu ne le vois pas ? Cela ne te dérange pas qu'il confonde son tableau avec sa femme ? Et comme il ne répond pas, tu poursuis : Paul, est-ce que tu l'imagines, la relation entre cet homme et cette femme, un homme qui prétend être l'auteur de sa femme ?

Je l'imagine très bien moi, oui, je l'imagine, *mon époux m'a achevée, achevée*, ça veut dire ce que ça veut dire, cries-tu presque, levant le dictionnaire que tu viens de refermer, tu sais ce que ça veut dire, un homme qui achève son épouse ? – et tu sens ton menton qui tremble, et ta bouche se tord tandis que tu feuillettes une nouvelle fois le *Petit Robert*, « achever, sens 2, porter le coup de grâce à une personne, un animal, abattre »... Ta voix chevrote et s'essouffle, s'enraye dans une toux inappropriée qui retentit sous les voûtes studieuses, avalant les mots insensés.

Paul, troublé, remue la pile des documents et reproductions accumulés sur la table et pose à côté des deux autres tableaux celui qui représente *Les Époux Arnolfini*, auquel Van Eyck doit sa célébrité. Tout à l'heure, vous l'avez déjà commenté, vous avez consigné dans l'exposé que vous préparez pour la semaine suivante sa description, prenant appui sur les informations récoltées : la couleur du pourpoint, noir, colorant onéreux, traduisant l'appartenance des modèles à la haute société ; la présence du petit chien, symbole de la fidélité conjugale, des femmes notamment ; dans la coupe sous la fenêtre les oranges, en flamand *sinaasappels*, pommes de Chine, symboles de la pomme d'Adam ; les hypothèses sur la fonction du tableau, dont le peintre serait, pour certains commentateurs, témoin d'un mariage secret requis par la grossesse de la jeune femme, le tableau prenant le statut d'un document juridique, comme semble l'attester – c'est ce que vérifie Paul qui lit à voix haute – *Johannes de Eyck fuit hic 1434*. La présence surnaturelle du peintre reflété dans le miroir enchâssé par des médaillons représentant la passion du Christ, souligne aussi cette dimension d'attestation de l'œuvre...

Tu vois bien, reprends-tu, *Johannes de Eyck était ici, 1434*, ce n'est pas la même inscription, *était ici*, il dit qu'il était là, présent, le peintre, lors de cette scène, c'est une attestation. Oui, je le sais Paul, que cette interprétation est controversée, mais ça n'est pas le problème, le problème c'est que toutes les œuvres portent soit ce *Jan van Eyck m'a fait ou terminé*, soit parfois le modèle lui-même prend la parole et dit, *Van Eyck a fait mon portrait*. Mais là, quand il peint sa femme, il ne lui fait pas dire qu'il a réalisé son portrait, mais qu'il l'a faite, elle ! En personne !

Et tu entends ta voix, tu l'entends, que tu cries, et Paul, interloqué, te regarde, les larmes dans tes yeux, et soudain une peur s'empare de toi, la peur que Paul démasque, dans tes yeux, le regard en toi enfoui d'un homme que tu portes comme une malédiction à laquelle tu croyais ici, de l'autre côté de l'océan, être soustraite, mais dont soudain tu comprends qu'elle est fichée à demeure, comme la vis obstinée des tiques a enfoncé dans la chair sa spirale à l'insu de la proie dont elle suce la vie, et le regard impassible de *L'Homme au turban rouge*, dans la bibliothèque Sainte-Geneviève, extirpe cet autre regard en toi dont il est comme le prolongement, et tu te demandes, tu te demandes si un jour tu seras libérée de l'emprise de ce regard qu'un homme a fiché en toi avec la brutalité d'un grappin, dont rien, jamais, ne pourra effacer la morsure...

Au restaurant universitaire, Paul ne fait pas allusion à la scène. Cela te soulage. Cela, que tu cherches. Cette complicité qui n'exige rien est un levier pour renfoncer loin en toi les démons. Même si tu sais qu'il t'arrive de te risquer à regretter que Paul n'exige rien.

Au moment où vous vous levez pour placer les plateaux vides sur l'étagère de métal, tu repenses à ta déception, le jour où tu as surpris Paul tenant un jeune homme par la main. Une nouvelle fois, tandis que la conversation se porte sur des choses anodines, tu te répètes que cet amour de Paul pour Lucien te protège. Tu as désiré Paul, oui. De ce désir que tu as éprouvé, tu lui sais gré. Jusqu'ici ne croyais-tu pas que plus jamais, tu n'éprouverais de désir ? Aucune commune mesure entre l'attirance vague ressentie pour Marco à Gênes, et ce miel sauvage et précieux à toi révélé par Paul. Qu'il ne soit pas attiré par toi... que peut-il t'arriver de mieux ? L'absence de désir pour toi t'évite, oui, se formulent en ton esprit ces mots, la confrontation avec la réalité sexuelle. N'est-ce pas là ce que tu souhaites ?

Quand tu poses pour Paul, que son regard tranquille et méticuleux détaille ton visage de grande sœur, suggère que tu relèves tes manches ou que tu ouvres un bouton supplémentaire à ton chemisier, à l'abri des vêtements où glissent des yeux inoffensifs, en toi monte un désir serein ; et ce désir gonfle ; pareil à un lever de soleil, il te restitue, au fil des séances, une forme de présence à toi-même dont tu t'absentes si souvent ; alors tu goûtes un plaisir secret qui ouvre dans ta chair ses ramifications dorées.

Tandis que vous retournez à la bibliothèque pour terminer cet exposé, tu songes à la chance d'avoir rencontré Paul. Dès les premiers cours, vous vous trouvez souvent côte à côte. Vite complices, vous mangez ensemble, ensemble vous allez au musée. En janvier ta demande est rejetée par l'OFPRA ; Paul t'aide à rédiger la nouvelle.

L'hiver est brutal mais tu ne restes que le temps de dormir dans la chambre de la résidence universitaire où ton voisin te guette par sa porte entrebâillée chaque fois que tu sors ou que tu rentres. La nuit, il te semble, à travers les cloisons de carton, que tu entends sa respiration d'homme seul. Le week-end, impossible de rester enfermée là. Tu marches dans la ville. Dans les parcs, le gel des bancs de métal colle aux doigts sans gants. Quand tu tombes malade, Paul te fait cette proposition extraordinaire : Je te laisse ma chambre, je peux très bien dormir dans l'atelier, de toute façon c'est ce que je fais, la plupart du temps.

Quoi de plus précieux que l'intérêt désintéressé que te porte une personne que tu admires, dont tu admires le travail depuis le jour où, intimidé par l'audace de sa proposition, il t'a fait pénétrer dans son appartement transformé en atelier, au sol jonché de peinture et de mégots, et que tu as découvert les portraits bouleversants, arrachés à la pâte obscure du temps, déchirants, une sorte de synthèse impossible entre les portraits du Fayoum, ces représentations que les coptes faisaient des défunts pour les sceller sur leurs sarcophages, et la violence de Soutine, née de la trituration spasmodique de la matière et des émotions ?

*

En juillet la réponse est positive. Tu obtiens un permis de séjour d'un an. On te donne un passeport spécial : tu es apatride. Tu as le droit de travailler. Emmanuelle te recommande auprès d'une de ses collègues dont l'employée à temps partiel est en congé maternité. Tu deviens fleuriste. À la rentrée Paul te fait passer les cours que tu ne peux pas suivre. Le salaire est maigre et ne permet toujours pas que tu te paies un logement, mais tu participes financièrement au loyer. Les soirs où Paul « reçoit » Lucien, tu dors chez Natalia.

Tu vois souvent Natalia. Même si tu ne rejoins pas les camarades dans les mansardes, tu participes à quelques actions avec Natalia et d'autres filles du Groupe Accueil et Solidarité. La complicité bienveillante de Geneviève et Françoise, leur dynamisme, vous encouragent. Que pouvez-vous faire, ici, pour ceux qui là-bas subissent la dictature ? Bien qu'ils vous apparaissent souvent dérisoires, vous inventez des événements pour conjurer l'impuissance.

Vous vous relayez dans la rue derrière des photos de disparus, pour sensibiliser les Français. Tu as du mal à apostropher les passants, mais à ta surprise, les gens s'arrêtent facilement et cherchent à savoir. Un samedi, un groupe de touristes argentins écarte le petit attroupement et s'adresse à vous avec une arrogance agressive : Même à Paris on vous trouve, les folles de la Place de Mai ? Honte à vous, vous salissez l'image de notre pays ! Ne les écoutez pas, baragouinent-ils à ceux qui se sont arrêtés, ces bonnes femmes sont des hystériques, des agitatrices ! Ce qu'elles racontent est faux ! Comme ta coéquipière Belen, au caractère d'amadou, s'enflamme, on en vient presque aux mains, mais l'autorité de Françoise qui menace d'appeler la police dissuade les élégants Argentins en voyage ; ils s'éloignent, lancent encore quelques invectives haineuses qui vous tournent le sang. Jusqu'ici, sanglote Natalia, jusqu'ici...

Pour les quarante ans de Natalia, Geneviève et Françoise organisent une fête. La chapelle de la résidence est pleine. Dans la foule des convives, tu rencontres Hans, ici par hasard, hébergé à Antony par un cousin, le temps du week-end. Cette nuit-là Hans dort avec toi dans l'alcôve chez Natalia. Tu ignores ce que fait exactement Hans, quand la porte se referme. C'est dimanche. Dans la chambre à côté Natalia dort encore. Il se peut, crois-tu avoir compris, que peut-être Hans soit comédien ; ici pour un tournage, une combine. Qu'importe ! Hans. Est-ce l'allemand en toi remonté dans le dégel des sourires ? Tu restes au lit jusqu'à midi. Tu goûtes les sensations neuves dans ton corps nourri, pétri par la poigne de l'amour. Dans la nuit, certaines images ont pu resurgir, elles n'ont pas pu arrêter l'abandon que t'a offert le corps à corps avec Hans, souple et rieur, pour la première fois. Tu pleures, colère du temps perdu, gratitude pour la nuit où tu partages l'étreinte, oui, tu partages.

*

*   *

Le train s'ébranle, emportant Paul et Lucien vers Vaison-La-Romaine. Iras-tu les voir, là-bas ? Partir, alors que tu te sens enfin là, paisible, enfin ?... Le train n'est même plus un point à l'horizon de la gare de Lyon, mais tu demeures, le regard brouillé, tu gardes en toi ce que t'a offert Paul.

Comment pouvais-tu savoir, le jour où tu as obtenu ton permis de séjour, que la dictature prendrait fin moins de six mois plus tard ? Au moment de l'élection de Raúl Alfonsín, Natalia et de nombreux camarades sont retournés en Argentine. Mais toi, Malena Rearte, qu'irais-tu chercher en Argentine ? Tu refoules cette pensée honteuse, pas suffisamment pour qu'elle se taise tout à fait : la fin de la dictature ne t'a rien apporté ; elle t'a seulement arraché ton statut d'apatride. Il t'a fallu troquer le passeport contre un précaire permis de séjour de trois mois pour étrangers.

C'est Paul, qui a eu l'idée. Si tu veux être tranquille, ma grande, il te faut la nationalité française. Alors tu t'es renseignée. Pour la gagner, tu devais obtenir un certificat de concubinage et faire un bébé, ou être mariée. Pour le certificat de concubinage, l'administration ne serait pas allée jusqu'à vérifier que vous couchiez, pourvu que vous viviez ensemble ; quant au bébé... Non, le mariage, la solution c'était le mariage. Paul s'est retourné vers toi, arrachant à sa daube provençale la cuiller en bois maculée de sauce, il a souri.

— Malena Rearte, voulez-vous être ma femme ?

Parmi les formalités que décline l'employé de mairie, vous apprenez que depuis 1942, il est obligatoire pour les futurs époux de se livrer à un « bilan prénuptial ». Vous devrez, explique l'homme impassible, vous soumettre à deux consultations médicales et à la réalisation d'examens de laboratoire. Mais, dans quel but ? interroge Paul. Le but, reprend le quinquagénaire en te fixant dans les yeux, est de s'assurer qu'il n'y a pas de contre-indications à la grossesse. Contre-indications, murmures-tu, la gorge serrée... L'homme se penche au-dessus du sous-main garni d'un papier-buvard jaune, maculé de taches, et son visage s'avance près du tien. Mademoiselle, peut-être l'ignorez-vous, mais il est très dangereux de contracter la rubéole ou la toxoplasmose durant la grossesse, voire la syphilis, siffle-t-il, ces maladies peuvent laisser de graves séquelles sur le fœtus...

Tu as l'air inquiète, a demandé Paul ensuite. C'est que, finis-tu par exprimer, j'ai... j'ai très peur des... piqûres... De sorte que Paul, quand il racontait l'histoire de votre mariage, invariablement finissait par : Le plus long, ça n'a pas été la cérémonie, mais qu'elle aille se faire faire une prise de sang pour établir ce foutu bilan ! Parce qu'on n'allait pas leur expliquer, aux toubibs, qu'on n'allait pas concevoir ! Paul s'étranglait, se tournait vers toi, et toi aussi tu riais, tu riais de ta prétendue peur des aiguilles, et de cette blague merveilleuse, votre mariage, à Paul et toi, cette journée extraordinairement légère, passée avec Emmanuelle et Lucien...

*

* *

Août 2005

Todo en ti fue naufragio[1]

1. Pablo Neruda, *La Canción desesperada*.

On fête l'Assomption de la Vierge par une messe en plein air suivie d'un banquet derrière Morpoigne, plage de Ragounite. Dans la famille d'Arnaud la messe s'est perdue, mais pas le pique-nique. Depuis que vous vivez ensemble, le 15 août, chaque année c'est comme ça, il faut venir tôt, réserver son emplacement.

Huit heures pétantes, on sort des coffres les extensions destinées à rallonger les tables de bois municipales, identiques au mobilier des aires d'autoroutes. En moins d'une heure, pliants et glacières occupent une bonne partie du bois qui flanque de part et d'autre la petite route toujours ombragée. Les tournois s'organisent ; les terrains destinés aux boulistes ne suffisent plus, des pistes de fortune s'aménagent sur un sol bosselé dont on balaie les épines de la semelle.

Le bois s'arrête contre la courte plage, presque absente à marée haute. Vers le nord, le terrain s'escarpe, pins et chênes hissent leurs frondaisons au-dessus d'une falaise feuilletée d'ocres, où les vagues, à coups de langues réguliers, creusent des cavités à ciel ouvert. Ici, les enfants trouvent les roches douces où s'asseoir et jouer les Robinsons.

*

Cette année tu pensais qu'Arnaud n'aurait pas le courage de laisser l'exploitation à Bob et Luna. Depuis avril vous vous accroupissez pour la récolte. Au fil des ans les gestes font partie du corps. Un genou contre terre, la main gauche tient la plante, la main droite la faucille, au deux-tiers pour les vivaces, à ras pour les plantes à rhizome, légère rotation du poignet, on tire, crissement de la tige qu'on sectionne, la brassée rejoint les autres dans le drap qui se gonfle, sur le dos. Avril, le thym. On chasse les abeilles d'un geste machinal. Parfois l'une attaque, tu apprends à reconnaître le plantain dont tu arraches deux feuilles pour frotter la piqûre et calmer l'inflammation. Après le thym, mélisse de Crète, mélisse citronnée. La menthe. En juin la verveine, puis toutes les trois semaines. De nouveau la menthe. La lavande, juste avant l'instant où le bouton gorgé va pour s'ouvrir et libère l'huile essentielle dans l'éclosion des premières fleurs. L'hysope. La pointe pamplemoussée qui s'en dégage quand on la froisse t'évoque le geste pommadé dont te frictionnait la main maternelle, les soirs de toux. Les aiguilles lisses de la sarriette. Enfin la marjolaine et l'origan. En août, à part la récolte du laurier, le plus gros est fait. Les quelques activités de maintenance peuvent être déléguées : arroser les plants des boutures et semis ; dérouler les canisses au-dessus de la pépinière en cas de forte chaleur. Après la rosée, chaque matin ouvrir les trappes du séchoir pour l'aération, les refermer le soir. « Après la rosée hein, n'oubliez pas, n'allez pas me saloper la récolte, bande de flemmards ! » Cinq ans que Bob et Luna vous remplacent pour l'Assomption, que tout se passe pour le mieux. Ils s'en sortent très bien avec la récolte du laurier. Mais cette année, plus que jamais, c'est un crève-cœur. Arnaud, dis-tu, on n'abandonne pas l'exploitation, c'est juste une pause, on a besoin d'une pause, tu ne crois pas ? C'est pas vicieux ça ? Plus on a besoin d'une pause, moins tu arrives à décrocher... Lentement Arnaud a versé son regard dans le tien avant de plisser les paupières et de se laisser aller au rire mousseux né dans sa poitrine. Il est venu vers toi, ses bras se sont refermés sur ton dos, son menton s'est posé sur tes cheveux, tu as glissé ta joue contre la laine rêche du pull, tu t'es hissée sur la pointe des pieds pour embrasser au-dessus du col, respirer, la peau...

Ce qu'il y a de différent, tu le devines. Cette année, la belle longère des parents d'Arnaud a été vendue. Quand le commissariat de Rochefort a appelé pour dire qu'on l'avait trouvé en face de la maison de Pierre Loti, une valise à la main, assis sur le trottoir, ne sachant où il allait, d'où il venait, ni comment il était arrivé là, on a compris qu'on n'avait plus le choix : Jacques, tout seul, c'était plus possible.

Trois mille balles par mois ! Les vautours ! On va payer ça comment ? Ils leur font quoi ? Ils leur servent du champagne au petit déj ?

Arnaud, tu veux qu'on fourgue ton père à l'Ehpad du coin ?

Bien sûr, qu'on a préféré un établissement « spécialisé ». Les « trois mille balles », entre la retraite de Jacques, la pension de réversion de Denise, les placements après la vente du domaine, on y était quasi. On a complété, voilà. À Pâques, après un énième voyage à Emmaüs, tu as rincé une dernière fois les tomettes fanées. Puis tu as fermé sur les labours les volets de la maison familiale ; la silhouette d'Arnaud tournait autour des cognassiers tandis que le moteur d'un tracteur envahissait l'espace sonore, l'instant s'est gravé en toi.

La veille vous aviez laissé Jacques dans sa nouvelle chambre, calé dans l'un des deux fauteuils qu'il avait souhaité emporter avec lui, les derniers retapissés par Denise quelques mois avant l'accident, avec un tissu trouvé à Emmaüs, outremer, entrelacs de grands oiseaux. Denise que tu n'as pas connue. Denise, devinée au maillage discret qu'elle a tissé entre les siens, dont la résonance habite le regard de l'homme que tu aimes. Dans la chambre des Marronniers – c'est le nom de l'institution qu'après un comparatif douloureux vous aviez fini par choisir – la fenêtre ouvre plein ouest sur les branches centenaires du parc. Arnaud venait de placer avec minutie quelques objets de toujours entre les murs étrangers. Tu seras bien ici, papa. Lors des adieux, comme il le faisait chaque fois, Jacques t'avait serrée contre son cœur d'une manière spéciale. Après chaque repas de famille, où, avalant la terre pour la chier derrière toi, tu t'étais efforcée de te creuser une galerie à peu près habitable, quand il fallait se quitter, Jacques te plaquait contre sa poitrine anguleuse et ses bras serraient, serraient. Sur le point de l'abandonner, après l'étreinte rituelle où le sanglot ravalé venait de produire dans ta gorge un bruit bizarre, vous alliez refermer la porte quand sa voix vous avait retenus, une minute encore : Arnaud, veux-tu, s'il te plaît, mettre France Musique ? Te revient l'image du vieil homme quand les instruments avaient empli l'espace ; la tête penchée, aussitôt plongé dans une rêverie profonde, qui l'enveloppait de sa mélancolie amniotique.

Arnaud, tu le sais, aurait préféré cette année passer un tour sur le 15 août, mais les enfants n'étaient pas du même avis.

Le 15 août, on n'allait pas y renoncer sous prétexte qu'on avait vendu la maison, ça va pas ? Papi ? On irait le chercher Papi, Les Marronniers, c'était pas une prison non plus.

Cet été, tout ça parce qu'il était devenu papa d'un petit garçon qu'on n'avait pas encore vu, Jules s'est découvert une vocation de garant des traditions. L'ancien morveux métamorphosé sur le tard en pilier de famille s'est démené pour louer une baraque sur une commune du coin, dans un lotissement. La grossesse avait été difficile. Avec l'arrivée prématurée de l'enfant, il fallait que Jeanne bénéficie de toutes les commodités.

Les commodités, ça veut dire quoi au juste ? Du lino par terre ? Un four à micro-ondes ? Pour un garçon qui écoute du rock métal, je te trouve vraiment conventionnel.

Papa, en 2005 on est, 2005, on n'est plus au quinzième siècle...

Qué quinzième siècle ? Je te rappelle que tu es né et que tu as grandi dans une maison sans eau courante ni électricité.

Eh bien justement, les commodités, j'apprécie.

Une maison de lotissement… gémit Arnaud en étalant les derniers brins sur les claies avant de se redresser pour jeter un regard fondant sur le liséré bleu des Pyrénées, par les jours ménagés sous la toiture afin d'assurer aux plantes une aération idoine. Qu'ils ne comptent pas sur moi pour dormir dans cette baraque. Toi et moi on ira au camping municipal, le petit attendra. Malena, t'es témoin, je veux crever chez moi. Putain.

*

Le jour se lève sur la voie romaine. Tu conduis. La voiture peine dans les montées, à chaque sommet on voit la route se jeter dans le paysage. Tu tentes de rassurer Arnaud, sombre à ta droite : Querido, t'en fais pas, tout va bien se passer. Allez, déride-toi, confía en mí… La moitié de la récolte est en sachet, il ne manque plus que les étiquettes ! Tu vas rencontrer ton petit-fils ! Jules attend ça avec tellement de fierté !

À quatorze heures vous vous garez sur le parking de la maison de retraite. Jacques te reconnaîtra-t-il ? T'offrira-t-il, cette fois encore, la tendresse réparatrice de son étreinte ?

Sous les yeux, les petits losanges ciselés se gorgent de sueur. Régulièrement Jacques sort son mouchoir et tapote, il contemple l'impression humide sur le tissu avant de se pencher, lentement, presque au ralenti, pour remettre le mouchoir dans la poche. La visite est courte. On installera tout, je viendrai te chercher vers onze heures. Ça ira comme ça papa ? Jacques soupire, sourit. Au moment de se garer sur l'emplacement de camping réservé pour le week-end, Arnaud demande, dans une marche arrière : Franchement, tu crois qu'il comprend ce qu'on lui raconte ?

Arnaud braque, la vieille Peugeot se serre contre un buisson de houx dont une branche griffe ton épaule. Tu la dégages avant de fermer la vitre, sous l'emprise de sentiments contradictoires. Perspective d'une journée au grand air, l'étalage festif sous les pins, la proximité de la mer, les retrouvailles avec le frère, la sœur et les enfants d'Arnaud. Le 15 août, en toi remontent des fantômes indésirables. Depuis que le réveil a fait vibrer la toile de tente, régulièrement, la main sur la bouche, tu ravales ta mémoire, de peur qu'elle ne sourde, vers midi déferle sur la table, et que verres, couverts, poulet rôti, chips, vin rouge, serviettes colorées, enfants, parents, forêts, paysage, ne soient emportés dans la vague, te laissant face au vide désolé qui suit les catastrophes.

Jules a choisi l'endroit du festin en plein air.

T'es tout seul ? s'étonne Arnaud. Et mon petit-fils, jamais tu me le présentes ?

J'irai chercher Jeanne vers midi, après la sieste du petit.

C'est vrai, grogne Arnaud. Ces petites bêtes, ça dort à cet âge-là !

Au fil de la matinée, ils arriveront. Dans ton esprit, année après année les tables de fêtes presque identiques se surimpriment les unes sur les autres, chacun retrouvant à peu de chose près les places dictées par de muettes affinités. Dans une heure, ils seront tous là. Philippe, l'aîné d'Arnaud, avec sa nouvelle compagne, une de ces jolies femmes dont les visages se ressemblent et annulent le précédent ; Marion avec Léon, qui entre au CP ; Jules, Jeanne et leur bébé. Ben et Véro la plus jeune sœur d'Arnaud, leurs grands ados Baptiste, Louis et Nora ; son frère Pierre, seul comme toujours : un géomètre sérieux et serré dans sa tâche, déterminant l'endroit juste des bornes, semble avoir tracé autour de ce type taciturne une frontière dont la famille respecte les pointillés, se tenant à l'écart des questions et des jugements. Les grands rires de Pierre ont quelque chose d'un peu faux, comme s'ils étaient la forme saugrenue qu'aurait prise in extremis, quand il ne pouvait plus la retenir, une peine immense, qui sort là, parmi les siens, à grands jets, son corps rejeté en arrière, le visage déformé dans un rictus rigide qui lui dégage les dents, tel ce masque de douleur qui tord les grands blessés, et laisse dans l'air des sortes de colonnes cristallisées, qu'on peut presque encore voir léviter au-dessus de la table quand lui retombe en avant, cherchant son souffle, les yeux mouillés de larmes. Toi, à distance respectueuse du feu, tu te tiendras loin de Ben et Véro.

*

Il y a trois semaines. Chambéry. Vous êtes assis autour du plateau de verre de la table basse. Derrière Ben, la télévision est allumée. C'est exotique, depuis Buenos Aires, tu n'as jamais eu la télévision, Arnaud a une dent contre cette machine, et contre presque tout ce qui marche à l'électricité. Vous avez à peine un peu de courant, grâce à quelques panneaux solaires, pour Internet : les marchés ne suffisaient plus à vous faire vivre, Arnaud s'est résigné à contacter des distributeurs pour la vente des herbes aromatiques qu'il gère à distance, à travers un câble relié à la planète Mars, comme en témoignent les sons de la connexion. Le mari de Véro administre l'apéritif dans l'aura bleue du tube cathodique. Au premier plan sa femme va et vient, fait passer l'assiette où s'empilent les tranches de pain de mie industriel coupées en quatre, tartinées de guacamole et de tarama. Leurs phrases, jetées à la cantonade, alternent, formant une espèce de comédie familiale. Whisky ? Pinot rouge ? Louis, va chercher Nora, avec son casque elle nous entend pas ; hep, apporte le jus de pomme, en bas du frigo. Steuplaît. Ben remplit les verres, des verres aux formes adaptées aux boissons qu'ils reçoivent. Mal à l'aise dans le canapé, tu cherches le contact de l'homme que tu aimes. Un petit vin de Savoie, blanc sec, un kir ? Derrière l'épaule de Ben, contrepoint à la conversation qui a lieu dans le salon, la présentatrice du journal télévisé débite les infos. Saurais-tu discerner un goût différent au breuvage qui pétille dans un verre à pied, s'il t'avait été servi dans la profonde tulipe qu'englobe la paume d'Arnaud ? Sur l'écran à moitié caché par la chemise impeccable du beau-frère, la présentatrice a laissé place aux marches d'un palais de justice. Une foule. Des journalistes. Gros plan. Une femme remue les lèvres devant un micro. Quand, sous la voix neutre de l'interprète, tu distingues celle de la vieille dame qui parle, soudain les battements de ton cœur font tressauter le chemisier.

Elle parle *argentin*.

« J'étais sage-femme confie-t-elle, les joues rosies peut-être de passer à la télévision. Je l'ai dit au cours du procès, j'ai témoigné. J'ai assisté le docteur Bianco. C'était l'époque de la dictature. J'étais jeune, très jeune, je venais d'être recrutée à l'Esma[1]. Mon premier poste. Cela se passait dans le pavillon de l'épidémiologie. Les femmes arrivaient de nuit, un bandeau leur cachait les yeux. On ne connaissait pas leur nom. Une mission chrétienne, nous répétait le docteur Bianco, des êtres innocents allaient être arrachés à l'influence pernicieuse des familles marxistes. »

Maintenant le visage emplit l'écran. Obscène, un gros plan : une larme perle à la lisière rouge des yeux fanés. Nora fait passer un bol de cacahuètes. Derrière Ben les phrases, formées par des lèvres fendillées, en toi réveillent l'effroi.

« Certaines mères semblaient très loin, comme anesthésiées, reprend-elle. Leurs visages étaient sans expression, elles restaient silencieuses. Je faisais de mon mieux, pour les accouchements. C'était mon travail. Je n'ai pas vu ce que sont devenus les nouveau-nés. Cela se passait la nuit. Le docteur Bianco dirigeait les opérations. On voyait sa voiture par les fenêtres. Parfois les bébés étaient emportés avant que les mères ne soient conduites ailleurs. »

Malena ?

1. École supérieure de mécanique de la marine, utilisée pendant la dictature comme centre clandestin de détention où étaient pratiqués actes de torture et assassinats.

« Il existait des ordres oraux et écrits pour ne pas enregistrer les naissances au pavillon des subversives. »

Malena ? Les bras d'Arnaud te rappellent la forme de ton corps puis *Malena* glisse du canapé, veille encore à tenir bien droit son verre où pétille un vin transparent. Qu'est-ce qui t'arrive ? Ton verre, le tapis, donne ton verre, bordel de merde tu ne vois pas qu'elle se sent mal, éteins-moi cette télé, Ben, éteins, je te dis.

*

Jules et Arnaud finissent de déplier les tables contre un buisson de chêne vert. Le coin devrait rester à l'ombre une bonne partie de la journée. Tu cherches la nappe de coton, quelque part dans un sac, au fond du coffre. Tu voudrais qu'on ne parle pas de ça. Arnaud sait. Ce que ça te fait. Ce n'est pas la première fois.

La première fois c'était en juin. Ce jour-là Arnaud rentre du marché. Tu entends le frottement des roues sur le chemin. Il est quinze heures, dans la fraîcheur de la maison de pierre tu emplis les sachets de verveine romaine avant d'en replier trois fois le bord, de passer dans l'œillet de laiton puis de nouer le lacet de chanvre. Malena, les choses changent, annonce Arnaud par la fenêtre, encore debout, mains sur le guidon, l'attirail dans la charrette, le produit de la vente gonflant la sacoche en bandoulière. J'ai entendu la radio, à Buenos Aires la Cour suprême de justice vient d'abolir les lois d'amnistie ! Arnaud enclenche la béquille et s'avance vers toi, l'émoi sur son visage ; il va y avoir de nouveaux procès, Malena, on en saura plus. L'impunité c'est fini, finie la réconciliation nationale. Ça y est, les crimes de la junte vont être jugés. Mon amour. Ton frère, tes parents... Ils exhument les corps, il paraît qu'on peut faire des tests ADN... Si on y allait ? Peut-être apprendrais-tu quelque chose... ? J'ai toujours rêvé de me mettre au tango, non je rigole. Malena ?... Malena, tu m'entends ? Attends, je t'allonge, tes pieds, je les soulève un peu, les chaussures, là, Malena, reviens, ohé, comme tu es pâle, excuse-moi, un rustre, je te dis les choses comme ça, pardon mon amour, mon amour, je vois la couleur, ça revient, ne dis rien, je te porte, sur le lit tu seras mieux qu'ici, le carrelage est glacé, tu ne veux pas, tu es mieux par terre, comme tu veux, comme tu veux mon amour...

Dans le bois les familles arrivent. Les gosses courent entre les bosquets. L'ombre des troncs contre le jour te procure une impression de déjà-vu. Toi, toute petite fille, avec deux garçons, l'arrière-cour donne sur une forêt de pins. Quelle est cette arrière-cour ? Dans le proche sous-bois strié de grandes lumières, vous nourrissez la volaille. Des essaims de pinsons picorent les restes, et vous cherchez à les attraper mais, passent les rêves entre les doigts de la mémoire.

Y'en a un qui va se vautrer, tu paries ?

Décontenancée tu te retournes. Cassé en deux, Arnaud balaie rageusement les épines autour des pliants, griffant la terre avec la sommité rugueuse d'un rameau de houx. Trop de pression. La maison vendue, son père qui perd la boule, la famille qui débarque, l'enfant né trop tôt et qu'on n'a toujours pas rencontré…

Libérer la bouche crispée ; que remonte, pareil au poisson languide, l'éternel sourire, jamais très loin, toujours prêt à caresser la surface…

Onze heures putain ! Mon père ! Arnaud lâche son balai-branche, il démarre la voiture. Tu n'as pas su trouver le bon mot…

*

Jules aussi est parti, chercher Jeanne et l'enfant. Prononcer son nom est difficile alors tu dis *l'enfant*. Les autres ne sont pas encore là. Marcher, quelques minutes, sur le front de mer. Seule. En direction de la plage, nourri d'affluents nés du bois, le chemin s'élargit avant de se ramifier à nouveau, livrant les promeneurs aux galets. Devant toi, large, l'océan. Là-bas, très loin, de l'autre côté... Baisser les yeux. Tu t'accroupis. Ta main furète dans la laisse de mer. La mauvaise humeur d'Arnaud déteint sur toi. Tu t'identifies au corps vulnérable du mollusque qui a déserté la coquille que tu tritures, dont tu éprouves la résistance avant de la rejeter dans les débris de nacre et de bois, les éclats de verre, les déchirures de plastique dur ou souple, prisonniers d'un écheveau d'algues et de filet. Tu voudrais t'allonger mais tu n'oses pas, Vénus ouverte, te livrer au ciel comme à l'adversaire. Arnaud, gémis-tu. Accroupie, le regard fiché dans les rebuts de la dernière marée, ton cœur s'affole. Puis tu te tais. Folle. Arnaud, en qui tu as trouvé refuge, un matin, à Albi, il y a seize ans.

Tu commences par visiter la cathédrale puis tu achètes une carte postale qui représente le tombeau de sainte Cécile, devant lequel tu t'es arrêtée au fond d'une chapelle latérale, gênée. La sainte, languide dans sa robe de céramique verte, allongée sur le flanc, palpite encore. Front contre terre, elle présente au ciel la blessure infligée à sa nuque. Tu paies puis tu quittes l'édifice dissuasif, surdimensionné, érigé dans un élan de colère contre les Cathares. Dehors la lumière te mange les yeux. Tu remontes tes manches dans un soleil de printemps déjà féroce… Voilà, le Sud…

Après les années sombres à Paris où tu survis, souvent simple manutentionnaire depuis l'abandon des études à cause de la langue, tu t'es décidée à rendre visite à Paul, pour le divorce. Tu es restée quelques jours à Vaison-la-Romaine. Avec Lucien, ils ont tout fait pour te mettre à l'aise. Mais quelque chose… Vous n'avez pas réussi à renouer avec la proximité ancienne. Quittant tes amis, tu as su ; tu ne remonterais pas pointer le lundi suivant dans la boîte d'Intérim. Rungis, tu ne pouvais plus. Tu avais besoin de vacances… Visiter, enfin, le fameux Sud. Quatre semaines durant tu passes d'une ville à l'autre, en stop. Faire du stop, jamais tu n'aurais imaginé oser faire du stop, avant. Tes économies fondent au soleil occitan. Dans un café de la ville de Rodez, tu trouves l'annonce. Tu apprends à couper les ongles des moutons sur un plateau des Causses. Nicole élève une race de petite taille qu'elle vient d'importer de Nouvelle-Zélande pour sa laine. Leurs yeux pacifiques se lèvent vers toi si tu fourrages dans la toison. Quand tu portes un short, ils se pressent pour lécher le sel, dans le losange du creux poplité. Les fins de semaine tu te promènes ; Saint-Affrique ; les rochers du Sidobre…

Ce samedi-là tu visites Albi. À quelques rues de la cathédrale, les tables des producteurs débordent hors du marché couvert. Tu te laisses dériver avec le flot des primo-vacanciers, heureuse d'être parmi eux, de ne pas choisir de direction. Rien ne retient vraiment ton regard – si ce n'est parfois une botte de glaïeuls – jusqu'à cet étalage.

Sur le présentoir, des pierres des champs aux formes singulières s'intercalent entre les sirops et les sachets de tisanes et d'aromates. Au moment où tu longes l'étalage tu te demandes si les pierres sont à vendre, c'est idiot. Quelque chose fait que tu ralentis, tu ne vas pas jusqu'aux olives. Tu t'arrêtes, tu te retournes. Derrière le stand, la cinquantaine, timide... L'homme ne ressemble pas aux autres marchands. Un instituteur à qui on aurait demandé au pied levé de remplacer un ami retenu auprès d'une épouse en travail... À ses côtés un jeune homme poli sert les clients. L'espace entre la camionnette et l'étalage n'est pas large, les deux rentrent le ventre quand ils se croisent. Père et fils ? Les badauds posent leurs questions ; penché au-dessus de la marchandise, l'homme explique la culture des herbes, les saisons, la verveine, le thym... à la main... ça semble d'un autre âge... Il sourit, il dit les choses, désigne les emballages, les doigts caressent le papier kraft, ils indiquent les plantes qui entrent dans la composition... Tu reviens en arrière ; tête baissée, toute à ton affaire tu hésites. Ton choix se porte sur un *Mélange pour bien dormir*, selon l'étiquette. As-tu jamais bien dormi ? Votre accent, il demande, vous venez d'où ? Espagne ? Italie ? Le regard de l'homme est clair, il s'immobilise... sans trouble... Tu rentres dans le champ de ce regard... Les yeux te tiennent... Cette lumière... La question exhume une sorte de douleur, fantomatique, comme celles qui visitent ceux dont on a amputé une jambe... tu rougis, (tu auras eu beau faire, toujours l'accent), Argentine tu réponds, Buenos Aires.

Six mois durant, chaque samedi tu empruntes la Simca de Nicole et en route pour Albi. Au marché tu achètes un sachet de tisane. En octobre Arnaud est seul derrière son étalage ; vous parlez. Jules est parti, pour ses études. C'est bizarre, il explique, cette solitude peuplée d'enfants qui s'envolent. Tu proposes d'aider. Ce sera mal payé, il dit. Ça t'est égal. Tu quittes Nicole et les moutons. Tes affaires tiennent dans une toute petite valise.

La chambre de Marion, annonce Arnaud quand vous débouchez sous les toits. Ses frères ont toujours été jaloux de son pigeonnier...

Chaque fois que tu t'allonges sur le matelas à même le sol, tes yeux voyagent dans les sinuosités des clairs lambris qui absorbent toute énergie, ouvrant sous le toit un nid immobile. En octobre vous semez mélisse, coriandre, réglisse, guimauve et camomille. Fin novembre le ginseng. L'hiver est doux, un à un vous reprenez les outils pour aiguiser, graisser ; tu rénoves les clôtures en plessis avec du bois de taille. Le temps s'évase, il s'estompe dans un présent crémeux, où tu t'impliques intensément dans les gestes accompagnés d'odeurs, ratisser, frotter, porter, stocker. Arnaud est discret. Vos mains se rencontrent dans les tâches quotidiennes. Durant les repas vous parlez peu. Il t'arrive de manger dans ta chambre, les jours où les yeux d'Arnaud t'appuient trop sur la peau. Tu ne te souviens pas de la première fois. Il te semble que vous êtes entrés dans l'amour avec la lenteur déterminée à laquelle croissent les plantes, mouvement invisible et pourtant, au printemps, lors d'une visite de Marion, cela faisait longtemps que sa chambre avait retrouvé l'absence.

Aline, la femme d'Arnaud, est décédée d'une maladie orpheline, Jules n'avait pas dix ans. Ce projet, cultiver des plantes aromatiques, les vendre sur les marchés, c'était un rêve commun. Se glisser dans un rêve qu'on n'a pas formé, prendre la place de l'ombre qui flotte dans la maison, tu sais faire. Une maison sans télé. Inventer une vie à l'abri des images. L'ombre a fondu, en toi tu trouves une forme qui va bien, contre la vie d'Arnaud. Tu te lèves à six heures moins le quart pour retirer les limaces qui aiment la menthe.

*

Tu savoures la solitude de la plage où des groupes, de loin en loin, ont coincé les tiges des parasols dans des monticules de galets. D'une minute à l'autre tu te trouveras prise dans les mondanités d'une réunion familiale qui ne te rendra à toi-même qu'après-demain. Tu plisses les yeux ; l'air bat à ton oreille, tu offres ton visage à la douceur guillerette de la brise de mer. Le beau temps fait fleurir sur l'eau des voiles qui filent, laissant s'évanouir leurs courts sillages. Bien que le jour soit férié, par deux fois, traînant après lui un phylactère souple, un avion à hélice rompt le paysage sonore. *Ce soir, 21 heures, Festiparc, tous les manèges à cinquante centimes.* Ton regard enregistre, parmi les planches à voile, les figures téméraires d'un kitesurf hissé par le jeu de l'aile quelques secondes au-dessus de la surface de l'eau.

Une seule fois, tu racontes. Tu vois des guillemets dans les fossettes du sourire d'Arnaud, le sourire t'invite à confier « l'histoire de Malena », racontée à Gênes à Irina de Ávila et Fabio, puis à Paris, à Miguel, aux camarades, à Natalia. À l'OFPRA. À Paul. Tu te figures un monde où le présent vaudrait pour preuve. Les fauves seuls, dont la fourrure grésille au moment où elle frôle le cerceau de feu, poussés par la baguette, peuvent comprendre de telles pensées. Pour en finir une bonne fois pour toutes, tu lui sers tout ce qu'il veut savoir. Cela se passe dans l'ombre rousse d'un bar, ce soir-là les yeux d'Arnaud ouvrent une porte. Tu ne décides rien, d'eux-mêmes les mots sortent de toi.

Dès l'avant dictature, tout individu, commences-tu, qui marquait la moindre sympathie pour des partis de gauche disparaissait. Journalistes, étudiants, intellectuels, artistes... Comment te dire ? Quiconque se baladait un bouquin de philo sous le bras dans une rue animée, des inconnus pouvaient surgir, l'arracher à la foule, lui bander les yeux, le fourrer dans le coffre d'une Ford Falcon qui démarrait en trombe. Ça n'avait rien d'improvisé, les choses étaient organisées, depuis longtemps. Ces gens ont préparé le terrain pour être adoubés au cœur de la pagaille et de la terreur. J'ai su plus tard que six mois avant le putsch, l'armée avait pris possession de prisons. Les responsables de l'administration pénitentiaire avaient été remplacés. Le gouvernement péroniste lui-même avait donné cette feuille de route aux militaires : anéantir la guérilla. Par un des

Argentins rencontrés à Paris, Faustino, j'ai su qu'à la prison de Sierra Chica, les officiers ouvraient la porte des cachots pour jauger les détenus parqués comme des bêtes de foire. Mon père était rédacteur au journal *Noticias*. Deux ans avant le putsch, un soir d'avril vers minuit, le dernier groupe de travail venait d'éteindre les lumières et de tourner la clef dans la serrure. Les gars n'avaient pas passé le coin de la rue quand l'explosion a soufflé l'immeuble. Mon père a compris. En tant que journalistes, ils étaient en première ligne. Le 2 mai, Perón a donné officiellement le ton dans un discours : la jeunesse était « influençable », des organisations « subversives » avaient abusé de son innocence pour l'« infiltrer » et la manipuler. À ces mots, ceux qui étaient venus écouter Perón ont déchanté. En quelques minutes soixante mille personnes ont vidé la place. Les journalistes de la rédaction ont eu la confirmation qu'ils étaient traqués. Un matin, Sonia Gómez, la secrétaire de Miguel Bonasso le directeur de *Noticias*, collait des affiches sur un mur d'Avellaneda quand une voiture a pilé ; tout le quartier a entendu la fusillade. Elle a été la première à tomber. Les disparitions se multipliaient. Beaucoup de compagnons sont partis en exil, mon père a commencé à vivre dans la clandestinité. Il voulait rester auprès de ma mère, il s'imaginait qu'il pourrait faire quelque chose pour son pays... Autant lutter à mains nues contre un char d'assaut... Une fois débarrassés d'Isabel Perón, les militaires ont méthodiquement créé les conditions leur permettant d'édicter sans complexe leurs lois sécuritaires, de rétablir la peine de mort, d'interdire le droit de grève et toutes les activités syndicales et politiques. Le plan Cóndor... ça ne te dit rien ? À l'automne 1975, les polices secrètes de l'Argentine, de l'Uruguay, du Chili, du Brésil, du Paraguay et de la Bolivie se sont organisées pour éliminer leurs opposants dans tout le continent. Il y a quelques années la CIA a déclassé des documents secrets. Un ami, un exilé lui aussi, nous a lu ça, dans sa chambre de bonne parisienne... Il existait un « Centre d'opérations » auquel les délégués présentaient une « proposition d'opération » contre des « cibles subversives », c'étaient les mots techniques employés pour cacher le sale boulot de mercenaire. Le choix des victimes était soumis au vote à la majorité simple... Joli fonctionnement démocratique, non ? À l'issue du vote, la machine bureaucratique se mettait en marche pour envoyer un commando. Tout était prévu, billets de transport, indemnités de défraiement... Une belle entreprise. Sais-tu à combien s'élevaient ces « frais de mission » des assassins ? Allez, dis un chiffre... Trois mille cinq cents dollars par jour. Ça aussi, c'est bien plus tard, à Paris, que je l'ai appris. Sur place, j'en savais si peu... Un soir je suis rentrée à la maison, tout était sens dessus dessous. Ma mère… Probable qu'ils cherchaient des traces de mon père, ils l'ont emmenée pour l'interroger… Je ne les ai pas revus, ni l'un, ni l'autre. Mon frère aussi a disparu. Le scénario le plus probable : ce mardi-là, vers seize heures, en sortant de la fac, quartier Almagro, des pneus crissent, un haillon de coffre vite rabattu… Il s'était engagé auprès des Montoneros quelques années auparavant au grand dam de mon père. J'ai fait une déposition. J'ai poireauté dans les couloirs, j'ai caboté de bureau en bureau. J'ai fait des pieds et des mains pour obtenir un rendez-vous à la direction centrale de la police. Chaque fois la même comédie. On m'écoutait, on prenait des notes ; on ferait tout ce qu'on pourrait pour m'aider… Peut-être que je ne voulais pas comprendre. Ou que je ne pouvais pas. Un compagnon à qui j'ai confié mes démarches m'a pris les mains. Malena, ils les emmènent dans des bâtiments désaffectés, ils les torturent, ils les droguent, ils les embarquent nus dans des avions dont ils ouvrent les soutes au-dessus de la mer. Vivants, Malena. Il faut partir, n'importe où, au Mexique, en Europe, n'importe où… tu dois t'en aller… Ces mots ont provoqué une commotion. Je suis restée plusieurs jours sans sortir.

Quelque temps après cette discussion, ma voisine a été emprisonnée au cours d'une manifestation. Institutrice ; comme d'autres, après l'école elle se rendait au bidonville Villa 31 de Retiro pour de l'alphabétisation. C'est là que ma décision s'est forgée. J'ai pris rendez-vous avec Juana, une jeune femme qui avait échappé à la torture et qui fabriquait des faux passeports. L'avion était bien trop cher. J'ai commencé à traîner à La Boca. À San Telmo, je me mêlais à la foule qui dansait dans les rues. J'écoutais la rumeur. Je voyais les paquebots, au loin, entre les maisons. J'ai fini par acheter un billet. Jusqu'au bout j'ai eu peur de la douane, qu'on me reconnaisse, qu'on ne me laisse pas quitter le territoire. Finalement j'ai pu prendre un bateau pour Gênes. La traversée a duré quatorze jours.

Souvent, Arnaud remet ton « destin passé » sur le tapis. Il y va avec des pincettes. Il revient sur la manière dont ton statut de réfugiée politique a débouché sur une naturalisation. L'histoire avec Paul le chiffonne. Ce mariage blanc, comme il l'appelle. Paul était seulement un ami, tu répètes. Par moments, les soirs surtout où un différend vous a opposés, sur l'organisation du travail ou sur quelque détail futile comme la place d'une table dans une pièce, il te regarde d'une certaine façon ; tu sais que les questions vont venir. Que tu n'évoques jamais ou presque tes années parisiennes les lui rend suspectes. Il s'en défend mais voudrait savoir pourquoi tu as fui les camarades d'exil, à l'heure où ils se serraient dans les mansardes pour inventer un *après*. Plus que tout, tu redoutes qu'il mette sur le tapis la question des « recherches ». Il voudrait tant qu'ensemble vous partiez dans une enquête sur les responsables de l'assassinat de ton père, sur la disparition de ta mère et celle de Matías. Il ne comprend pas pourquoi tu opposes à ces propositions, à ses yeux « naturelles », un refus farouche qu'il tient, ce sont les mots qu'il emploie, chaque fois, pour « ahurissant », voire « monstrueux ». Quand tu pleures, épuisée, il finit par conclure, chaque fois, pardon, je suis un rustre, je ne me rends pas compte, je ne le comprends pas mais je te promets, je vais essayer d'imaginer que « couper les ponts » avec le passé, c'était, cela reste, ta façon à toi d'avancer. Un jour tu cèdes. S'il veut chercher, qu'il cherche. Mais sans toi. Il essaie, à tâtons. À quoi pourrait-il arriver, seul ? Autant chercher une aiguille dans une botte de paille, c'est ce qu'il confirmera, quelques mois plus tard.

Tu es assise sur le sable en tailleur, tes yeux s'enfoncent à l'horizon. Entre l'océan et toi, la marée a laissé à nu de courts rochers couverts d'algues et de coquilles d'huîtres anciennes, becquetées à maintes reprises par les mouettes. Audelà de l'agitation circoncise du ruban de mer qui monte et recouvre peu à peu les reliefs des divers festins marins, dans un va-et-vient difficile à percevoir en temps réel, mais dont il suffit de détourner l'attention quelques minutes pour en mesurer la progression, s'étale, calme, vert de jade, la corpulence de l'eau, jusqu'au point de liaison avec le ciel, que matérialise un liseré de brume estompé.

Au moment où tu parles, tu sais que les choses se fixent, pour Arnaud et pour toi, telles que tu les racontes. L'attentat du journal *Noticias*, la clandestinité du père, sa disparition, celle de la mère puis celle du frère. La main d'Arnaud caresse ton ventre, tu aimes la peau, rugueuse, qui effleure, ses callosités. Tu n'as pas envie de retourner là-bas ?

Pour quoi faire ?

Je ne sais pas... Ça ne te manque pas ? Le pays...

La patrie ? Tu ris.

Je ne sais pas, la culture, la langue...

L'espace d'un instant tu revois. Le *Cristoforo Colombo* passe les dernières bornes, il quitte le port. Tu regardes fondre la ville, doucement, comme on contemple pour la dernière fois le lieu où sa maison a brûlé, avant de s'en aller. Le bateau n'est pas plein. Ta cabine, deuxième classe pour quatre personnes, tu la partages avec une jeune fille aux cheveux courts qui n'ouvrira pas la bouche. Pendant les déjeuners, toujours cette femme élégante attire ton attention dans la salle à manger. La traversée de l'Atlantique est tranquille, seul le cœur cogne à l'idée du passeport remis à l'embarquement. Après le détroit de Gibraltar une tempête secoue la Méditerranée. Le bar est désert, au sommet d'une vague la piscine renversée, son contenu se mêle à la pluie, à la mer.

Ici je suis chez moi, non ?

*

Depuis la plage tu reconnais le moteur alors tu remontes en courant. Le vieil homme désincarcère une jambe puis l'autre ; sa main atteint la poignée, il tire ; tandis que son fils soutient le mouvement par l'aisselle, Jacques hisse son corps comme un assemblage légèrement extérieur à lui-même, il vacille, se rétablit... Tout ira bien, a expliqué l'infirmière, son Alzheimer est plutôt pacifique. Le grand air, la famille, tout ça lui fera du bien ! Tu engages ton bras sous l'autre aisselle, vous progressez parmi les campements vers le vôtre. Ta main caresse la peau tachetée, fine comme celle d'un nourrisson. Arnaud a fermé la voiture.

Attention aux racines, assieds-toi là papa. Veux-tu un coussin pour te caler le dos ?

Un autre groupe s'est installé à quelques mètres pendant que tu étais sur la plage. Ces voisins déballent, parlent fort. Jacques, pareil aux dictateurs usés par des décennies de pouvoir, hoche la tête en direction d'une invisible armée au garde-à-vous, sourit, machinal. Un étonnement nouveau infuse la douceur du regard qu'il pose sur les choses.

Bois un coup pap, ça te fera pas de mal. Le gobelet qu'approche Arnaud des lèvres de son père projette un reflet bleu sur le visage dont les dents se cognent avant de trouver le bon angle. Quelques gouttes débordent et coulent par les commissures, elles glissent le long des joues, s'enfoncent dans les failles qui tremblent, s'accumulent dans les creux derrière les clavicules. Le vieillard déglutit, lentement, puis respire. C'est très bien, tout va très bien, murmure-t-il, de ce filet de voix nouveau, remonté d'un fond de cave.

J'ai apporté le kayak, annonce Ben, les bras chargés, le barbeuk, on le met où ? Un tour en mer s'taprèm, ça te dit vieux ? Hé les mioches, la glacière, pas celle-ci la rouge, avec la barbaque, ici ouais, à l'ombre. Nora, t'as fait la bise à papi ?

L'arrivée de Ben et Véro marque le début officiel de quelque chose. L'évidence avec laquelle ils prennent possession des lieux. Toi pour qui chaque instant constitue une effraction, tu admires la façon dont le monde leur appartient.

Casquettes, crème solaire ? Baptiste, crème solaire !

Insensiblement se reconduit l'éternelle répartition sous les pins. Les hommes s'occupent du feu dans l'aire réservée ; Jules, plus tard, ouvrirait les huîtres, j'ai mon couteau, avait-il précisé, avant de filer.

Véro et toi vous restez dans le périmètre à éplucher concombres et carottes pour veiller sur Jacques, des fois qu'il lui prendrait l'envie d'une escapade. Les frondaisons plongent leurs ondulations dans le regard du vieillard que tu cherches, régulièrement, sans être sûre de le trouver tout à fait quand son immobilité instable te croise, pareille à celle des rivières qui étirent en aval ce qui s'y mire. Sur la table staccato, les rondelles s'accumulent ; la sœur d'Arnaud est lancée dans un compte-rendu minutieux des dernières semaines. Le sang te bat dans les tempes, la migraine monte. À un moment, Pierre est là, derrière Arnaud et Ben, mains calées dans les poches.

La ventrèche a mariné, informe le beau-frère à la cantonade.

Assis dans la poussière, Léon joue au morpion avec sa mère. Tu prends conscience de l'absence de Jules et Jeanne. Est-il vraiment si tard ? Un magma étoffeux te contraint plusieurs fois à te racler la gorge, ton œsophage semble avoir rétréci. Sans ralentir le rythme de l'économe tu louches sur le bracelet-montre de Véro qui ceint son poignet à l'or fin. Midi moins cinq, encore tôt, quel est ce trac éclos en toi, nid de vermine au niveau du plexus ?

Ils arrivent, annonce Nora qui passe en trombe.

Elle est pressée, se rengorge Véro, Nora adoooore les bébés.

Cette phrase dégoupille l'agacement dont le niveau monte lentement derrière l'écluse, depuis une demi-heure. Et voilà qu'il te submerge... La voix de Véro s'éloigne en direction des nouveaux arrivants puis passe au second plan, tandis que tu poses l'économe, tu rassembles les pelures humides dans un sac en papier. Dans son fauteuil Jacques ronflote, la tête penchée en avant tire sur son cou de tortue. Les autres membres de la famille forment une haie d'honneur autour de Jules et Jeanne, qui porte l'enfant.

Tu veux le tenir ? Arnaud tend à Pierre le petit être dont les yeux clignent et ne parviennent pas à s'ouvrir tout à fait. L'oncle reçoit contre lui le corps léger, qui depuis quelques minutes passe de main en main. Pierre l'observe un court instant puis se retourne vers Jeanne.

Lové comme un nourrisson dans le fauteuil de toile, Jacques ne s'éveillera pas avant un bon moment. Quand tu te lèves pour rejoindre les autres dans la lumière fine des aiguilles de pin, ce qui sourd depuis plusieurs jours, s'est précisé ce matin, se cristallise dans ta conscience : tu redoutes cette rencontre. Avec l'enfant.

*

* *

Une main attrape ton poignet, pulpe des doigts sur la veine. Froid. Tes vêtements, gorgés d'humidité. Dans ton dos l'herbe aplatie n'amortit plus ; les aspérités du sol, des os sous la peau. Les yeux clos tu accueilles le poids réconfortant de la couverture sans pour autant cesser de grelotter. Le froid secoue ton corps, c'est un phénomène qui a lieu, indépendant de ta volonté, tu y assistes, comme on assiste aux pluies d'équinoxe derrière la fenêtre, les yeux vagues embrassant les secousses de l'horizon. Des bras se glissent sous tes jambes au niveau des genoux, dans ton dos, une main sous ta tête, on te soulève, une civière. Le camion est juste en bas, indique une voix féminine. Le chemin est accidenté, les porteurs compensent les écarts qu'ils font, quand ils évitent une pierre, ou que se tord une cheville. Toi, tu tentes de comprendre ce que tu fais là, allongée dans la toile tendue qui te soutient, car tes jambes ne le font plus. Tu observes cela, la fatigue, dans les jambes. Un ruisseau électrique parcourt l'intérieur, il monte et descend, il fourmille, parallèle aux os, aux nerfs, de la plante des pieds aux hanches, des hanches à la plante des pieds. Tu as marché. Beaucoup. Ça, tu t'en souviens.

— Je peux profiter du trajet ?

— Mais oui, on a trois places à l'avant. Il y a de l'espace sous le siège, pour fourrer la voile...

— Ça fait une trotte d'ici, la Loze...

— J'avais pas prévu d'atterrir là ! Je suis parti du site de parapente du Maupuy. Qu'est-ce qu'elle a ?

Tu suspends ton attention à la voix, rassurante.

— Dur à dire comme ça. Traumatisme crânien ?... Surtout, elle a l'air épuisée, la petite dame.

On ouvre les battants du camion, on t'enfourne là-dedans. Arnaud. Arnaud doit être mort d'angoisse. Il faudrait parler, ouvrir la bouche, prononcer des paroles. Tu te vois faire cela, ouvrir la bouche, articuler, laisser de toi des sons monter. Tu ne le fais pas. Tu essaies pourtant. Une force scelle tes mâchoires. On allume le moteur, le camion s'ébranle. Son numéro est dans ton portefeuille ; ils le trouveront. Arnaud voulait que tu aies dans ton portefeuille ce genre de papier : *en cas d'urgence*. Le lourd moteur berce, tu te réchauffes, tu te laisses aller dans le tangage de la route. Parfois ton poids retenu par les sangles est rejeté d'un côté puis de l'autre de la couchette par une série d'épingles à cheveux. Dans un dévers, ça te revient. La plage. Le repas du 15 août. Arnaud parti en mer avec Ben. Jeanne. Le regard de Jeanne, quand elle berce l'enfant et que s'enfoncent les mots. La panique. Ta course vers la voiture. La route, follement, plein est. Des heures la route. Une halte dans une station-service, le club-sandwich, le plein, de nouveau la route. Devant toi la masse lourde des très vieilles montagnes. Les montagnes autour de toi. Les virages. La nuit. Ce chemin où tu laisses la voiture. La nuit. La marche. La nuit.

*

Dans la clairière passe de main en main le nouveau-né, de plus en plus vite. Contre lui se pressent les torses, sa peau respirent narines ; alors l'enfant, moelleux, l'enfant fond, doux savon. Tes mains se ferment, elles forment une cage tendre et la cage abrite l'enfant, abrite l'enfant. Alors tu gardes l'enfant qui tiendrait dans ta poche. L'enfant dans tes mains pas plus grand pas plus grand qu'un os de seiche qu'on trouve sur les plages, tu l'emportes. Tu sais toi, sinon, que l'enfant va mourir. Tu emportes l'enfant dans tes mains, loin de ces gens qui font mourir l'enfant. Car tu aimes l'enfant, il bouge ses petites ailes et ses pattes minuscules chatouillent l'intérieur de la cage, l'enfant ne pèse plus rien, tu ne le sens plus, peut-être, peut-être s'est-il envolé, sur la dune, au-dessus du miel des immortelles, le froissement jaune d'un papillon alors, doucement, contre ton visage, tu ouvres les mains... Seule te reste aux paumes une ombre d'or.

*

Par la fenêtre un bleu profond où la chambre s'estompe. Il y a combien de temps, ce baiser d'Arnaud sur tes paupières ?... Tu ne touches pas au plateau. Tu écoutes les bruits. Plus tard, une infirmière ouvre la porte de la salle de bain. L'odeur, écœurante. Ne pas ouvrir les yeux. Rester allongée, comme ça, toujours.

*

L'infirmière se penche et rajuste le tuyau au cathéter. Quand, où, as-tu croisé ce regard, la ligne du nez, quand où ?... Tu cherches c'est machinal, et pourtant un mouvement contraire s'amorce, quelque chose en toi freine, tu ne veux pas entendre ce que te dit ce visage, toi, tout te porte vers les visages qui ne te disent rien, le silence des visages seul t'offre la possibilité d'être Malena ; toi tu voudrais traverser l'existence avec de petits bouchons d'oreilles pétris et mis en forme épousant l'exacte paroi du conduit auditif pour que rien du monde vers toi ne fuite, rien surtout que tu ne saches obscurément déjà, car ce que tu sais en toi d'obscur il faut l'oublier – à moins que ce ne soit toi, toi qui... toi... Voilà pourquoi tu tournes la tête, tu ne réponds pas à la salutation de cette femme, ne pas reconnaître ce visage légèrement familier, autour de toi tu as tracé un espace où vivre or ce visage déchire la réserve d'oxygène qui t'est comptée, par le trou s'enfuit la réserve et s'engouffre un vide sans nom qui pétrifie, autour de toi se rétracte l'espace on suce et tire contre toi le vide plaque sur ton visage un film alimentaire, le frémissement électrique qui court dans les cellules t'a désertée alors, pareille aux denrées carnées des rayons réfrigérés des supermarchés, tu n'es plus que viande...

*

*   *

Le quatorze au soir ils ont fait l'amour sous la tente, c'était drôle et pas très commode. Dans la nuit du camping les galipettes imprimaient la toile, elle rendait de brefs frôlements d'archers aigus et mats ; la lampe de poche attachée au sommet s'excitait dans une gigue épileptique où surgissaient bras, aisselle, pubis, bite, épaule, éclats de corps en fête. Dans l'ombre trouée, Arnaud devine ; palais gorgés de mystère, jusqu'au faîte du plaisir, les yeux ne le quittent pas. Plus tard, il enregistre le trottinement des espadrilles sur le chemin qui mène aux sanitaires, d'où lui parvient, enroulé dans son rêve, le nuage atténué d'une chasse d'eau.

Après la mort d'Aline, il n'a pas souhaité se remarier. Les « liens » du mariage, dit-on. Leur rugosité lui reste aux poignets. Pilier de famille, au terme de la maladie de la mère de ses enfants, c'est un rôle qu'il ne souhaitait plus endosser. Ne pas poser de questions sur la vie amoureuse de Malena. Avoir connaissance de l'« accord » passé avec un peintre provençal monté à Paris qu'elle aurait rencontré à la Sorbonne le gêne suffisamment aux entournures. Une nouvelle fois il se répète le déroulé. Ensemble ils suivaient un cours sur le Quattrocento. Quand la dictature avait été terminée, Malena avait perdu le statut de réfugiée politique. Le permis de séjour des étrangers devenait caduc tous les trois mois, peu à peu les démarches à la préfecture s'étaient muées en un sournois anneau de Moebius : on ne voulait pas lui renouveler son permis de séjour parce qu'elle n'avait pas de travail, on ne lui en fournissait pas parce qu'elle n'avait pas de permis de séjour... Alors, pourquoi n'était-elle pas rentrée comme tant d'autres en Argentine ? Retourner là-bas ? reprochaient les yeux de sa compagne chaque fois que s'échappait de ses lèvres la question, se rendait-il compte ? Là-bas elle n'avait plus de contacts, sa famille avait disparu, ses amis éparpillés aux quatre coins du monde, elle les avait perdus de vue. Elle avait quitté la résidence universitaire de la maison du Brésil pour le studio à Aubervilliers. Avec Paul, ils étaient restés, avait-elle souligné, « colocataires » pendant deux ans. Rien de plus Arnaud, arrête avec ça, tu te fais du mal pour rien... Paul avait accepté de faire quelque chose pour elle, c'était généreux non ? C'étaient les mots de Malena, faire quelque chose pour elle. Au bout du compte, c'est grâce à ce mariage qu'elle avait pu obtenir la nationalité. On avait prononcé le divorce quelques jours avant leur rencontre à Albi. Voilà à peu près tout ce qu'Arnaud sait de Paul. Qu'y aurait-il d'autre à savoir ? Si Paul avait été son compagnon, pourquoi l'aurait-elle caché ? Tout de même, pourquoi ne revoyait-elle plus cet homme qui lui avait offert la nationalité française ? Assis devant sa compagne endormie, Arnaud découvre que tout ignorer du « peintre », jusqu'à son nom, est peut-être une erreur. Parlant de lui, jamais Malena n'a dit autre chose que « Paul ». Le plus dur, avait ri Malena, pour le mariage, ça a été de faire cette fichue prise de sang obligatoire… Arnaud le sait, elle ne supporte pas qu'on lui plante une aiguille dans la peau…

Arnaud repasse la journée de la veille, tâchant d'en défroisser les replis. Assez peu d'images d'elle. Au premier plan : la famille, son père, les enfants, les petits-enfants, Léon sur le point de rentrer au CP, cette façon agaçante qu'il a de déplier les doigts pour les détendre, comme pour faire opposition à une sorte de traction interne permanente ; la rencontre avec Raphaël, son nouveau petit-fils… Malena, il n'a pas été particulièrement attentif à elle ; il la savait là, son QG, sa base. Maintenant, Arnaud est avachi dans le fauteuil au pied du lit médicalisé, devant le corps absent, profil de sphinx aux yeux clos. Le réel se rétracte ; c'est comme s'il ouvrait une porte de sa propre maison qu'il n'avait jamais remarquée, donnant sur une pièce dont il ignorait l'existence. Quand les choses ont-elles commencé à se détraquer pour Malena ? Qu'a-t-il pu se passer, pendant qu'il pagayait avec Ben sur ce putain de kayak ? À moins qu'elle ait, dès le matin, sorti un timide drapeau, *help !* alors que lui, de mauvais poil, s'agaçait dans l'attente, légèrement assourdi avant le raout ? Il écarquille la journée d'hier. Le petit déjeuner devant le réchaud, lui calé sur la glacière, elle en tailleur sur la rabane ; la route jusqu'à Ragounite ; l'installation dans les bois ; l'arrivée des uns et des autres ; la grande bouffe, Philippe et Julie-truc qui débarquent au dessert, autant dire en avance sur leur retard ; la volubilité inhabituelle de Pierre. Dans l'après-midi la proposition réitérée de Ben, au sujet du kayak, tirer le machin sur le bord, gilets de sauvetage, *han* de l'effort dans l'épaule qui t'élance le long des côtes jusqu'à la taille, rondeur de l'eau sous la coque, lumière juteuse du large...

Ce qui lui serre les tripes à doigts crochus quand ils remontent de la plage, autant que l'absence de Malena qu'il n'a pas besoin de chercher longtemps avant de remarquer que la bagnole n'est plus là où il l'avait garée, c'est le fait que cette absence soit passée inaperçue. Rien de spécial n'avait eu lieu pendant qu'ils étaient en mer. On avait joué aux boules, fait la sieste, on s'était promenés. Elle va revenir, elle a dû aller faire un tour.

Un tour ? Est-ce qu'on va faire un tour en bagnole, le 15 août au milieu d'une réunion de famille, sans prévenir personne ? En pleine nature, un tour ça se fait à pied, Jeanne, tu ne crois pas ? Personne, jusqu'à ce qu'il débarque, sonné par le vent, la lumière, nuque tannée, blanc des yeux rougis, personne n'avait remarqué qu'elle s'était barrée, et ça, ça fait mal, putain ça fait mal. Quand il a noté l'espace vide le long du buisson à l'endroit du créneau, la journée s'est débinée. Il le savait, il l'a toujours su ; qu'une chose comme celle-là pouvait arriver ; tout, c'est sûr, était lié à ça, la disparition des siens, là-bas, de l'autre côté de toute cette flotte ; et voilà maintenant que c'était elle qui s'évanouissait... Où ? Comment chercher ? L'unique portable du « foyer » était dans sa propre sacoche, un Nokia bleu métallisé offert par ses enfants pour le dernier Noël, vous êtes gentils les enfants, qu'est-ce que vous voulez que je fasse de ce machin, on pourra te souhaiter la fête des pères, très très marrant, comme si Philippe lui avait jamais souhaité la fête des pères, comme si la fête des pères on ne s'en tapait pas, et le maréchal Pétain avec. Maintenant tout le monde était bien emmerdé. Chacun offrait ses services, on ne savait trop que proposer, une battue dans les bois, boire un verre et attendre, rien n'était vraiment approprié. Ils finiraient par appeler les flics, vers vingt-trois heures, une fois qu'il avait été certain qu'elle ne reviendrait pas du tour qu'il était évident qu'elle n'avait pas fait.

À la disparition de Malena s'ajoutait l'humiliation, n'ayant plus de voiture, de se retrouver complètement dépendant d'autrui pour être trimballé à droite et à gauche. Pierre avait déposé Jacques à l'hospice. Après avoir constaté que Malena n'était pas au camping, Arnaud avait accepté de dormir avec ses enfants dans la maison louée par Jules. Dans la demi-pénombre on avait chipoté les restes serrés dans du papier alu ; Raphaël gueulait ses pleurs de décharge au bout du couloir. Tour à tour Jeanne et Jules se levaient pour bercer l'enfant jamais à bout de souffle, le visage violet, son corps minuscule traversé par un arc électrique, comme si tous les fantômes de la famille s'étaient donné rendez-vous en cet innocent pour une conférence gesticulée. Quand la gendarmerie a appelé ce matin, après une nuit innommable, pour dire que Malena venait d'être retrouvée en hypothermie sur le Maupuy par un gars qui faisait du parapente, Jeanne a proposé leur voiture. C'était gentil. Il a préféré en louer une, de voiture.

Tandis qu'il regarde Malena sur son lit d'hôpital, quelque chose en lui se décolle. Il sent le mouvement d'arrachement ; une main soulève un pansement oublié, mettant à nu une fraîcheur vulnérable. Dans le lit médicalisé Malena est assoupie, ses paupières bleuies de fatigue cachent l'iris brun. Il la regarde, avec l'impression bizarre qu'elle n'est pas exactement là, si près. L'empreinte du baiser qui le lie depuis seize ans à cette femme allongée sous un drap d'hôpital, il en sent sur lui la tiédeur mais il n'est plus immergé en lui. Ça y est, pense-t-il, c'est maintenant. Des mots sont sur le point de se former dans son esprit. Avant même leur formulation, les mots tirent, ils libèrent un vide. Comme on sort du bain, il quitte la langueur tendre qui le fond en Malena et les maintient depuis seize ans si proches qu'ils ne sont qu'un. Dans la chambre il se tient ruisselant devant elle, et considère cette femme avec étonnement. Tandis qu'il la regarde, le mystère diffus, si familier qu'il se confondait avec elle maintenant se détache ; il le voit, animé d'une vie propre, presque une ombre qui lui dérobe sa présence à elle et prend toute la place entre eux. Il voit, oui, le mystère, dans sa vaporeuse matière, dense et molle, le mystère pèse sur le corps frêle, pèse, pareil à l'oreiller que le meurtrier presse sur le visage du témoin, depuis des mois pèse, des années, depuis le premier jour, le mystère pèse, elle suffoque, Malena, suffoque... Et maintenant dans la chambre, sa densité effrayante déployée entre eux pénètre dans ses propres narines, infiltre ses poumons de son eau dormante. Arnaud doit, s'il ne veut pas la perdre ni crever, trouver le moyen de dissiper sa puissance négative.

Comme une capsule libère l'esprit de parfum, les yeux rivés au visage de la femme qu'il aime, se dessine une correspondance flottante, une parenté... Jamais, il ne se l'était formulé... visage mince, l'ombre bleue dans la peau, la coupe des yeux, légèrement tombants vers l'extérieur, le visage de Malena, loin des clichés sud-américains, ressemble, comment n'y a-t-il jamais pensé, aux visages des femmes de la famille de sa mère, originaire d'un village de Moselle... Maman, murmure Arnaud, espérant faire naître quelques larmes... L'évocation de la femme raide, toujours un peu à l'arrière-plan, son père occupant la place maternante comme pour en dispenser son épouse, le laisse, à sa honte, insensible. Sa mère, dont enfant il se demandait parfois si c'était à cause d'eux qu'elle était si fatiguée, jamais vraiment présente à l'instant ; il aurait beau faire, jusqu'à sa mort, rien ne viendrait lui donner accès de plain-pied à la tendresse de cette impeccable épouse de juge, socialement accomplie ; peut-être le nom d'un grand-père, déchiffré dans le granit d'un monument, le doigt frêle caressant l'arête des lettres gravées, regarde, là, 20 août 1914, comme il était jeune encore, ce nom peut-être, qu'elle lui avait désigné lors d'un pèlerinage au pays natal, peut-être ce nom avait-il, dès avant sa naissance, inscrit cette femme et les siens dans la lignée de ceux que l'Histoire abandonne ; peut-être sa capacité à s'émouvoir, comme celle de toute cette famille froide, les femmes surtout, s'en était-elle trouvée émoussée, comme ces allergènes, auxquels on expose l'organisme pour que le système immunitaire finisse par le tolérer, le désensibilisent. Arnaud est retourné, quelques semaines avant sa rencontre avec Malena, voir ce monument qui porte cette laconique inscription : *À nos morts*. La Volksbud Deutsche Kriegsgräberfürsorge venait d'être mandatée pour l'entretien des tombes des conscrits de Moselle incorporés dans les troupes allemandes, qui s'étaient valeureusement battus jusqu'à l'ultime sacrifice pour l'Empire, avant de perdre ces provinces, une nouvelle fois.

Au moment de la libération, sa mère avait à peine vingt ans. Les aléas de l'histoire avaient doté Denise, comme tous les frontaliers, d'un sentiment d'indignité intrinsèque ; avoir vingt ans, recevoir comme une honte personnelle la justice expéditive de l'esprit du temps qui s'incarne dans la haine du sale Boche.

Juste avant sa rentrée en sixième. La dispute. Sa mère, exorbitée : Il est hors de question qu'aucun de mes enfants n'apprenne l'allemand, je le refuse, tu entends Jacques ?

De quel droit je te prie (jamais il n'entendra son juge de père élever la voix ainsi une deuxième fois contre son épouse), de quel droit voudrais-tu priver tes enfants d'une partie de leur histoire ?

Le dialogue, les mots employés, Arnaud ne s'en souvient pas, seulement qu'il était question de l'Histoire avec un H majuscule, qu'à l'échelle de l'Histoire, avec un H majuscule, la famille de sa mère avait été allemande autant que française, et que c'était lui rendre justice que perpétuer l'apprentissage de cette langue.

Ce mot, justice, dans la bouche du juge Jacques...

Or justement, Denise elle souhaitait qu'ils oublient, les enfants, à quoi bon se souvenir qu'on avait été allemands si c'était pour porter en soi la honte d'avoir appartenu d'une manière ou d'une autre à la catégorie du sale Boche ? Si c'était pour se souvenir que voué à être coupé en deux, on n'était finalement de nulle part, et que selon le contexte il nous serait toujours reproché d'être l'autre ?... Leur mère ne voulait pas que ses enfants se souviennent.

Denise, avait dû reprendre le père avec l'emphase dont il était capable, n'était-il pas préférable, quitte à subir l'intranquillité que cela suppose, d'être « l'autre », cet « autre » que l'on rejette, Denise, plutôt que l'imbécile serti dans l'immobilité haineuse d'être né quelque part ?

La mère avait dû, in fine, serrer les dents puisqu'Arnaud, son frère et sa sœur après lui, furent de ces rares élèves à être inscrits en allemand première langue.

*

Vers dix heures j'ai fait un second vol de l'autre côté de la vallée, explique le jeune homme qui a retrouvé Malena, portant son verre aux lèvres. J'avais repéré un pré derrière le bois de la Loze pour me poser. Le soleil venait de se lever, j'adore voler au très petit matin. Je me suis coulé dans la brise thermique ; j'avais perdu pas mal de hauteur quand j'ai remarqué une forme rouge contre une haie. On aurait dit quelqu'un... C'était bizarre ce corps allongé en pleine cambrousse... J'ai serré les genoux, le roulis s'est stabilisé. J'ai effectué mon arrondi, mes pieds ont touché, j'ai roulé au sol, j'ai reçu le souffle de la voile. La femme était à quelques mètres, visage vers le ciel. Je me débarrasse de mes ficelles, j'approche. Elle a les yeux ouverts. Je lui parle, elle se tourne vers moi. Elle me regarde. Sebastián, elle murmure, elle sourit, elle lève une main, au ralenti, elle la pose sur ma joue... Elle me caresse mais, on dirait qu'elle n'a pas la force, la main retombe, la femme essaie de se soulever, elle veut parler, la voix ne sort pas bien. Madame, je dis, vous m'entendez ? Ses lèvres articulent, je me penche, estás aquí et d'autres mots que je ne comprends pas, de temps en temps Sebastián elle répète, has vuelto, crecido... hermoso... Elle a l'air si faible, vous avez mal quelque part ? No, no elle dit, elle sourit, elle me tend les bras comme un enfant qui demande à être porté... Si je la soulevais j'ai pensé, elle ne pèserait presque rien, mais on ne déplace pas les blessés. Chut je dis, ça va aller ; dans mon dos la voile clapote, cette femme qui sourit pourrait être ma mère, elle sourit tout le temps, encore une fois ses lèvres articulent Sebastián, bougez pas je lui fais, je reviens... J'ai défait mon blouson, je l'ai plié comme un pyjama sous sa tête. J'avais repéré un groupe de maisons avant de me poser, c'est de là que j'ai appelé les pompiers.

Des joggers s'échelonnent sur les berges de l'étang de Courtille où les pas d'Arnaud l'ont mené, après avoir réglé les deux demis et pris congé du jeune homme qui a appelé les pompiers. Il arrive dans les moments d'émotion que Malena parle argentin. Jamais, jusqu'ici, elle n'a prononcé *Sebastián*. Les pas d'Arnaud accélèrent sur la terre durcie par l'été. Tandis que le jeune sportif racontait sa découverte, un écheveau de filaments coupants avait grossi jusqu'à former cette large pelote dont la matière compacte mordait dans l'espace des poumons, donnant l'impression à Arnaud, à en croire l'encombrement respiratoire, qu'il fournissait un effort physique important, alors même qu'il était assis en terrasse en face de celui qui, à l'occasion d'un vol en parapente, avait aperçu Malena allongée en bordure d'un champ, au beau milieu de la Creuse.

Qui est Sebastián ? Une sorte de rage monte en lui. Il n'a pas connu pareille angoisse depuis... la mort d'Aline ?... C'est à lui-même qu'il en veut. Tant d'intuitions refoulées, sans qu'elles ne disparaissent tout à fait mais, restées à l'état larvaire. Il en sent, parfois, la présence diffuse, comme les doigts palpent dans les chairs le bulbe élastique du ganglion dont ils vérifient en silence la croissance aveugle... Saloperie...

Malena a ouvert la pochette à rabats cartonnée, elle a sorti les « preuves » exigées par l'OFPRA pour obtenir le statut de réfugiée politique. Ce jour-là, dans la cuisine, elle détaille le parcours. Depuis La Cimade jusqu'à l'obtention de la nationalité. Tu comprends, les formalités à reconduire sans cesse pour le renouvellement de ma carte de séjour, je n'en pouvais plus... À l'époque, Arnaud prête peu attention aux documents écrits dans une langue qu'il ne comprend pas. Malena est chez lui depuis, trois, quatre mois, elle loge dans la chambre de Marion, sous les toits... C'est après cette discussion qu'ils s'embrassent pour la première fois. Le regard d'Arnaud s'émeut des doigts qui manipulent les coupures de journal avec précaution, reliques d'une ancienne vie. Toujours Malena garde avec elle la pochette à rabats, dans la sacoche. Seule chose qu'elle ait rapportée, le jour où elle a quitté le sol argentin. Ce dossier, dit-elle, je ne le laisse nulle part ; aux aguets ; c'est une seconde nature, Arnaud, tu comprends, l'habitude, toujours l'œil sur les militaires ; disposée, si l'occasion s'était présentée, à le fourrer dans une poubelle. Le dossier l'accompagne en Vendée. Comme s'il lui fallait se tenir prête éternellement à prouver quoi, au juste ?

Hier, quand Malena s'est jetée dans la bagnole, la seule chose qu'elle a emportée, c'est sa sacoche. Au commissariat, l'inventaire de la sacoche avait été établi sur le feuillet que lui tendait le gendarme, il a dû le signer pour la récupérer ; un portefeuille, trente et un euros vingt en liquide dans un porte-monnaie en tissu africain, permis de conduire, papiers du véhicule, carte de crédit, une trousse de toilette transparente comprenant un eyeliner, un bâton de soin des lèvres, un flacon d'huile essentielle de Petitgrain bigarade, un carnet de chèques, une paire de lunettes de soleil, une pochette beige à rabats, signez là, il est reparti avec l'ensemble.

Un peu essoufflé, Arnaud fait demi-tour. Il rebrousse chemin jusqu'à l'hôtel où Jules lui a retenu une chambre par téléphone dans le quartier du centre hospitalier, au moment où lui-même a pris la route. Parcourir les documents, vérifier si, et quoi, se rassurer surtout, les reposer, après, dans la sacoche. Et peut-être que le nom de Sebastián...

*

La première demande pour l'obtenir, ce statut de réfugiée politique, aurait fait d'après Malena l'objet d'un refus. L'administration française ne se contente pas d'un simple courrier ; normal... Malena avait dû constituer un dossier, preuves à l'appui. Arnaud aligne sur le couvre-lit la carte d'accréditation du père de Malena. Hector Rearte, journaliste au très à gauche *Noticias*, « Sobre todo lo que pasa en el mundo » est-il indiqué en tout petit sous le nom du journal, en haut de la carte de presse. Une coupure datée d'avril 1974 rappelle l'attentat dont a été victime la rédaction. Parmi d'autres papiers qui ne lui disent rien de spécial, une copie de la déposition au commissariat de la disparition de Matías et deux photographies en noir et blanc… L'une représente un groupe d'adolescentes dans un champ, formant un cercle autour de celle qui tient une guitare, accroupie. Toutes au bonheur d'être ensemble elles ne regardent pas l'objectif, elles se prennent par l'épaule et chantent. Elles portent l'uniforme scout, jupe plissée, chaussettes tirées jusqu'aux genoux. La main de la fille au centre est posée sur la nuque de la musicienne, comme pour capter au niveau du générateur l'énergie qui circule entre elles, restituée dans l'image. Arnaud scrute ces visages où il cherche incertain les traits de Malena, les détails du paysage, l'intimité fraîche d'une jeunesse des années 1960. Une tout autre atmosphère émane de la suivante. Arnaud fait de la place sur le couvre-lit ; se concentrer sur la scène arrêtée sur le papier vieilli et corné, une de ces photos conventionnelles devant la demeure familiale, une ferme peut-être. Ici tout est maîtrisé ; l'alignement militaire des gosses sans sourire, la posture de la mère, sur la droite, poitrine fermée dans le col du chemisier ; derrière, au centre, en chapeau, le père et, bizarrerie, seule singularité, une pipe à la bouche ; pas une de ces pipes ordinaires telle celle dont Magritte, malicieux, déjouait l'effet de réel par son célèbre « Ceci n'est pas une pipe » ; la pipe que fume l'homme de la photo, fine et courbe, tombe à la verticale sous le menton, le foyer recourbé in extremis. Bien que l'image soit très petite, Arnaud devine la scène de genre peinte sur l'émail et les bagues en laiton qui ornent le foyer, il reconnaît l'une de ces élégantes pipes de porcelaine allemande, dont la forme ressuscite dans son esprit l'oncle maternel à qui ils rendirent visite, trois fois peut-être, à Rémering-lès-Puttelange, un de ces villages de Moselle qu'enjamba plusieurs fois d'un claquement de corde la frontière entre l'Allemagne et la France. L'oncle, malaxant entre sa langue et ses dents un accent alsacien qui l'enfonçait à ses yeux d'enfant dans une épaisseur sylvestre, avait gardé d'une phase germanique de l'histoire familiale cette habitude coquette de fumer la pipe allemande. Il collectionnait plusieurs modèles du XIXe siècle qu'on n'avait pas le droit de toucher mais qu'il exhibait volontiers à l'admiration de ses neveux, vantant l'ingéniosité de l'objet, notamment les petits renflements du tuyau qui permettaient de le raccourcir et de ménager deux becs successifs, lorsque les dents avaient usé le premier ; détaillant telle scène polychromée sur le renflement de porcelaine, attirant l'attention, l'œil brillant d'un sous-entendu que ne comprenaient pas les petits garçons qu'ils étaient alors, Pierre et lui, sur une inscription gravée à l'intérieur de la partie haute du foyer, *Mädchen müssen sich mit Flöhen plagen*[1], avant d'aligner soigneusement ces objets à tabac, dans la boîte marquetée dont il refermait le couvercle pour la replacer sur une étagère haute du buffet. Les yeux d'Arnaud reviennent sur la brochette d'enfants tristes, cinq, trois filles et deux garçons, en rang par ordre décroissant, d'une adolescente portant la bottine orthopédique indiquant un pied bot, jusqu'à, presque invisible dans les jupes de la mère, une gamine maigre d'une dizaine d'années...

Le lit est couvert d'articles, de documents administratifs certifiés conformes par des tampons bleus et violets, estompés en trente ans ou quarante ans. Arnaud s'allonge sur le lit, abattu. Aucun document ne mentionne le prénom Sebastián, murmuré par sa compagne à plusieurs reprises, selon le jeune homme qui l'a trouvée inconsciente en pleine nature, bordel de dieu. Rien non plus au sujet de Paul. Les yeux suivent la fissure grise qui chemine au plafond de la chambre où il se sent à l'étroit. Une pierre brûlante lui pèse sur le sternum. Faire ses bagages. Descendre au parking. Sauter dans la bagnole. Rouler. Rouler. Cinq cents bornes. Retrouver les champs. Le bois de chênes. La fraîcheur ombreuse du séchoir. Dans l'entrepôt la centaine de sacs où attendent

1. Les jeunes filles doivent s'inquiéter des puces.

les feuilles précieuses d'être mises en sachet pour la vente. Arnaud enfouit son visage dans l'oreiller synthétique. Putain de bordel de merde, Malena n'a-t-elle jamais évoqué devant lui le nom de Sebastián ? Son corps se retourne sur le lit où il vient d'éparpiller les documents. Dans le fatras où il roule, gros plan sur *Malena Rearte*, une carte d'étudiante. *Sociologie*... Le sang se ramasse, un poing dans le cœur Arnaud se redresse... Il devient parano ou quoi ? Ne se souvient pas, mais alors ça ne lui dit rien du tout, que Malena ait été inscrite à l'université pour étudier la sociologie... Ne lui avait-elle pas dit, mais peut-être confond-il avec l'époque de la Sorbonne, qu'elle avait commencé des études d'histoire de l'art, restées en suspens dans la tourmente... On se calme. Peut-être a-t-il mal compris. Respire mon vieux.

Malena pouvait avoir entamé un cursus de sciences sociales pour bifurquer sur l'histoire de l'art... Tant d'approximations... Est-ce qu'on pose d'emblée ces questions de parcours quand on rencontre quelqu'un ? Malena, il l'a reçue en lui telle quelle, en elle il a bu tête renversée, comme un soiffard, qu'importent, c'est vrai quoi, les détails administratifs d'une existence, quand tout nous appelle en direction du pieu ? Pourtant aujourd'hui, en savoir si peu lui apparaît, c'est nouveau, comme une faute. S'il en savait davantage, peut-être aurait-il pu mieux comprendre

Malena, éviter qui sait l'épisode insensé qui la laisse, mutique, vêtue d'une chemise non tissée, dans la solitude ammoniaquée d'un drap d'hôpital, un goutte-à-goutte infiltré dans la veine bleue… Elle qui a la phobie des piqûres… Putain de veine bleue dont l'évocation, ce chemin saillant sur la peau pâle, soudain, lui remonte jusqu'à la gueule le sel de vains sanglots ravalés… Va-t-il la perdre, elle aussi ?

*

25 juin 1978. Le dimanche il est seul à Toulouse avec la marchandise, Aline reste au domaine avec les petits. Dès 9 heures le marché frémit d'une électricité particulière. À Buenos Aires il est 14 heures. Arnaud n'est pas passionné par le foot, mais la mascarade internationale qui depuis le début du mois fait toutes les unes, paravent obscène d'une dictature, retient son attention au moment où le sélectionneur de l'équipe de France, Michel Hidalgo, échappe à une tentative d'enlèvement la veille du départ de l'équipe française pour l'Argentine. En ce jour de finale, d'étal en étal, les conversations commentent comme une curieuse anomalie l'absence de Johan Cruyff. Le meilleur joueur de l'équipe néerlandaise, dis donc ! Tous les cafés ont installé des télés. On

ajoute des tables, on tire hors des débarras des chaises supplémentaires. Partout les consommateurs débordent sur le trottoir. Sur les écrans, l'hostilité du public du stade *Monumental* de Buenos Aires monte de minute en minute. En rendant la monnaie on rappelle l'étrange attitude du Pérou en deuxième phase des groupes, qui a permis à l'Albiceleste d'accéder à la finale. Faute de clients Arnaud a remballé sa crémerie, il se fraie un passage et commande un café s'il vous plaît. Il est encore tôt mais déjà le sifflement de la tireuse enveloppe l'excitation des journalistes sportifs qui commentent l'avant-match de leur syntaxe d'école, et derrière les micros, la rumeur immense du stade. Le bide collé au comptoir le serveur tend le bras, les verres débordent, des traînées de mousse crépitent puis fondent sur le Formica, laissant une cartographie de lignes collantes ; en séchant elles imitent le film brillant de la bave d'escargot. Les irrégularités du match de sélection des Argentins pour la finale occupent les esprits et les conversations. La grande équipe des Péruviens ? Une équipe ? Tu parles, un troupeau d'ombres errantes ! Aucune combativité, mous, pas la moindre réactivité… Ramón Quiroga, le gardien, jusque-là il avait encaissé 6 buts en 5 matchs, et tout à coup, en un seul match il s'en prend autant, trouvez pas ça bizarre ? Et tu sais quoi, Quiroga, tu sais où il est né ? En Argentine ! Bim, et voilà ! Hasard mon œil ! De café en café l'ambiance s'échauffe. Une nouvelle fois le coup d'envoi est retardé. Prétexte : le plâtre au poignet de René van de Kerkhof soi-disant illégal ! Ouais, tout est bon pour activer l'hystérie des supporters, regardez-moi ça, le délire ! Sur les écrans, mur vertical, immense, une foule, matière organique, mouvante, sonore et colorée, produit, démultipliée, ce tourbillon blanc et bleu de confettis, où surnage le flottement des drapeaux argentins. Arnaud essaie de s'imaginer sur le terrain à la place des joueurs néerlandais, il ressent l'énergie négative du grand corps du public déversée dans l'arène. Recevoir, la vache, dans la chair, l'agitation féroce, les hurlements haineux d'une foule dressée, huant, littéralement prête à vous tomber sur la tronche. Le coup d'envoi est donné. S'ils gagnent, comment les Néerlandais rejoindront-ils leur hôtel ? Le car qui les conduira sera-t-il pris d'assaut, renversé, enflammé ? Sur le gazon, coups de pied coups de poing distribués en toute impunité. Les dés sont pipés. Quand l'Argentine l'emporte, aux prolongations, trois buts à un, les larmes d'impuissance coulent sur les visages.

*

Au moment où Arnaud va s'éveiller dans une chambre d'hôtel à Guéret, une image reste là, coincée dans le chambranle de l'inconscient. Garder les yeux clos, comme on ferme à la lumière et à l'oxygène les grottes préhistoriques pour les préserver de la corruption. La lumière dissout les images. Paupières fermées obstinément, Arnaud bascule le regard en arrière du crâne ; en lui se déploie le souvenir. Philippe et Marion sont tout petits, ils jouent à côté d'eux, entre les rangées de plants. Désherber est une chose facile, on emmène les gosses ; on chante, on récite des comptines. Ils apprennent à distinguer les herbes qu'on peut manger de celles qu'il ne faut pas toucher. Plus tard, quand ils rentrent à l'école, le jardin leur devient étranger, ils oublieront. En attendant les surveiller n'est pas sorcier, un œil suffit entre deux charades. Philippe froisse les tiges collantes du gaillet gratteron, il forme une balle qu'il lance à sa sœur. Aline montre aux enfants le tapis de petites fleurs jaunes de la piloselle, on compare les feuilles du fraisier avec celles de la potentille qui leur ressemblent. Quand il fait chaud, l'un d'eux descend les enfants au bord du ruisseau où puise la pompe alimentée par un panneau solaire, pour remonter la flotte tout en haut de la colline, dans le réservoir. Au bord de la rivière, la chaleur s'assouplit dans l'ombre des peupliers. Tout ça c'était avant la naissance de Jules. Avant qu'Aline ne devienne le fantôme d'elle-même. Arnaud appuie sur les globes oculaires avec les paumes. Un précipité bleu jaillit, bouillonne sous les paupières, s'étale, fond, renaît, suspendu dans l'eau intérieure. Malena est arrivée dans sa vie *après* le départ des enfants. Jules, Marion, Philippe, petits, elle ne les a pas connus. Quand elle est entrée dans sa vie, les enfants étaient adultes, partis de la maison... Saisi, Arnaud tient la pensée qui s'épaissit dans la couleur. Quelque chose entre eux ne s'est pas noué. Jamais elle n'y fait allusion mais il perçoit l'existence d'une frontière imperceptible et réelle, plus résistante qu'un filin d'acier, entre sa compagne et ses enfants. Qui, d'eux ou d'elle, est à l'origine de cette démarcation qui les rejette, les uns et les autres, dans une extériorité étanche qu'il n'a jamais réussi à faire fondre ? Qui ?... mais la question a-t-elle un sens ? Le fait est qu'à chaque visite de Jules, Philippe ou Marion, Arnaud est envahi par le même chagrin sourd à palper dans la maison, sinon une animosité, du moins la froideur d'une distance entre ses proches. En lieu et place de la douce intersection qu'il rêve, en lui darde, abcès gonflé, brûlant, l'impossible complicité entre la femme qu'il aime et ses enfants. Aline, il gémit, ah fusion familiale, nostalgie du nid primitif... Nostalgie du roulis-tangage les portant les uns contre les autres, emmêlés dans la tendresse... Il se redresse, claques sonores sur les joues, souffrir ? Il s'en veut de souffrir, de peut-être, putain, leur en vouloir. Qu'y peuvent-ils, elle et eux, de ne pas s'être choisis ? Qu'y peut-elle, cette femme qu'il aime, de ne pas être leur mère, qu'y peuvent-ils, eux, de ne pas être ses enfants ? Jamais, ils n'ont partagé un quotidien, matrice patiente où se culottent les affections... Pourquoi Arnaud ressent-il alors, sans pouvoir mettre des mots sur cette matière latente qui sourd dans certains silences, que d'autres raisons, peut-être, dressent entre ses enfants et Malena une paroi invisible, tendue, plus solide que le verre anti-effraction dont on garnit les impostes au-dessus des portes donnant sur la rue ?

*

Là-bas le laurier sèche sur les claies. Tout va bien, répètent Bob et Luna au téléphone. Il les imagine, serrés dans la cabine du village, une des dernières du département, tandis que lui, nabab, ses doigts jouent avec la spirale du cordon, répond depuis la chambre, vautré sur son plumard, un comble. Les jours qui suivent se partagent entre la chambre d'hôpital, la chambre d'hôtel et le café Internet qui met quelques ordinateurs à la disposition des clients. Cherchant il ne sait quoi, susceptible de l'éclairer sur le mystère dont meurt Malena, toujours silencieuse, chambre 17 ; les pensées d'Arnaud flottent sur la musique à la Pierre Schaeffer qu'émet la connexion qui peine à s'établir.

(Générique d'*Aujourd'hui Madame*)

JACQUES GARAT — Bonjour et bon après-midi. Ensemble nous allons tracer un portrait. Nous allons revivre un destin, celui d'une femme exceptionnelle. Elle était blonde, elle était pauvre, elle était maigre, on l'appelait la Flaca, c'est-à-dire la maigrichonne en espagnol.

Arnaud surfe sur le net, cliquant sur tout ce qui de près ou de loin est en lien avec l'Argentine.

JACQUES GARAT — Vous l'avez reconnue, il s'agit d'Eva Perón, la femme de Juan Perón, le général Perón, l'ancien chef d'État argentin. Avec nous Maud Sacquard de Belleroche, qui signe *La Reine des Sans-chemises*, les *descamisados.* Tout a commencé en 1919. Juan Duarte, le père d'Eva, entretenait deux familles, n'est-ce pas ?

MAUD SACQUARD DE BELLEROCHE — Tout à fait. Une famille légitime à Chivilcoy, avec son épouse légale Adela d'Huart et leurs six enfants ; et une autre, illégitime, à Los Toldos, avec Juanita Ibarguren.

JACQUES GARAT — La loi prévoyait une série de qualifications stigmatisantes pour les personnes dont les parents n'avaient pas contracté un mariage légal.

MAUD SACQUARD DE BELLEROCHE — Une de ces qualifications était « enfant adultérin », mention que l'on consignait dans l'acte de naissance des enfants concernés. Evita obtint toutefois en 1945 que son acte de naissance original fût détruit afin d'éliminer cette tache infamante[1].

Bercé par la voix nasillarde de Jacques Garat, Arnaud se souvient du rôle ambigu joué par la midinette de série B qui tient lieu d'épouse à Perón. Sur le net il trouve un article de Georg Hodel la concernant. *Avec l'Europe dans le chaos et les alliés près de la victoire, des dizaines de milliers de nazis haut placés perdus de vue essayèrent de se mêler aux réfugiés, commençant à tracer ce qu'on a appelé la « ratline »*, la route des rats, destinée à extrader les nazis après la guerre. L'article indique qu'un nazi expatrié en Argentine, Rodolfo Freude, était devenu *le secrétaire privé de Juan Perón, l'un des principaux bienfaiteurs d'Evita, et le chef de la sécurité intérieure argentine* [...] *Les documents d'archives révèlent en effet qu'Eva Perón s'était portée volontaire pour servir comme émissaire personnelle du général Perón, auprès des nazis cachés* attendant de fuir l'Europe... Arnaud a en

1. Extrait de l'émission *Aujourd'hui Madame* diffusée le 13 janvier 1973 sur la deuxième chaîne de la télévision française.

tête, comme tout le monde, les grandiloquents *billets de cent pesetas* distribués par la blonde icône à chaque enfant pauvre qu'elle croisait sur sa route. Ces billets, tout comme ceux qui ont arrosé la campagne présidentielle de Perón *faite de tracts, de slogans publicitaires filmés, de meetings, une première du genre sur le continent*, constituaient une part des *millions de dollars pillés dans la Reichsbank*, pour aider les ex-SS à reconstruire leur vie... Le tour d'Europe d'Eva Perón la porte notamment à *Rapallo, une petite ville près de Gênes.* Quelles tractations, et dans quelle langue, ont lieu entre la jeune femme et Alberto Dodero, devant un coucher de soleil de la Riviera ? *Le 19 juin 1947, au milieu du voyage d'Evita, le premier des navires de Dodero, le* Santa Fe, *arrivait à Buenos Aires et des centaines de nazis descendirent sur les quais de leur nouveau pays. Au cours des années suivantes, les bateaux Dodero auraient transporté des milliers de nazis en Amérique du Sud, y compris certains des criminels les plus vils d'Hitler, tels Mengele et Eichmann, selon Jorge Camarasa, l'historien argentin.*

À quoi bon ces recherches aléatoires ? Arnaud, nauséeux, déconnecte sa session, dépose quelques pièces sur le comptoir, quitte l'établissement enfumé pour rejoindre la berge de l'étang de Courtille destinée aux promeneurs.

*

L'automne qui suit l'ouverture de l'espace Schengen, ils partent à Venise. Fin août les orages éclatent. En quelques heures la terre se desserre, s'assouplit, libère son odeur. En septembre ils préparent les rangs de l'année suivante. Parfois l'un d'eux, à l'instant où le pied sur la grelinette imprime aux pointes courbes le mouvement qui aère la terre, lève le visage, et rugit, la gueule en fête, pour l'autre à l'autre bout du champ : C'est un peu notre voyage de noces !... Ivres du parfum de la terre, ils se marrent, cela sonne comme un jeu. Octobre ; ils plantent en quinconce les boutures d'avril le long d'une ficelle qui délimite la largeur du rang. Et puis c'est le grand jour. Grâce à un tuyau de son frère Pierre, une chambre pas trop chère les attend dans le quartier de l'Arsenal. Au petit matin ils prennent la nationale, direction plein est. Dans les Corbières ils font leur première pause. La bagnole est vieille, toutes les deux heures Arnaud vérifie le niveau d'eau dans le moteur. Exaltés par le lyrisme d'une lumière fendue d'ombres puissantes, ils s'engagent dans les Alpes. Hannibal ! De virages en tunnels, leurs yeux dansent sur les lignes de crête, ils chantent, parfois l'un, parfois l'autre, ou ensemble, *Volver*, *Aux marches du palais*, *C'est pas l'homme qui prend la mer c'est la mer qui prend l'homme*, *People have the power*, *La cane de Jeanne*, *Bella ciao*, *Qua-tre-vingt quin-ze fois sur cent, la fem-me s'emmerde en baisant, c'est, pas tous, les jours, qu'on lui, déri-de les, fes-ses*, des heures durant, et *C'est une maison bleue*, et *Yellow submarine*, enfin quoi des trucs pas très modernes mais putain ça prend pas une ride. Au moment de passer la frontière, filer sans marquer d'arrêt tandis qu'au bord de la route quelques préposés fouillent machinalement un véhicule signalé, *People have the power* les plonge dans une jubilation enfantine. L'après-midi du lendemain, ils laissent la voiture à Mestre et prennent le train jusqu'à la ville mythique. Ils découvrent dans l'hôtel particulier la prétendue chambre de Casanova qu'ils ont réservée par courrier. Vexés que la salle de bain dont la robinetterie siffle ne soit pas dans la chambre mais partagée par tout l'étage, ils se consolent en ouvrant la fenêtre. Elle leur offre, aux premières loges, l'odeur visqueuse du Grand Canal. Malgré la chaleur ils n'osent pas mettre leurs pieds nus par terre, à cause des puces de parquet qui les dévorent jusqu'à mi-mollet.

Durant ce voyage, le rire de Malena déborde à la moindre occasion, telle l'eau d'un récipient très plein qu'un enfant déplace entre deux pièces. Un matin où ils quittent la chambre, ils débouchent au cœur d'un marché paysan aux abords du pont du Rialto. Malena baragouine quelques phrases, rend la monnaie et enfourne entières les grappes d'un raisin rose, transparent, qu'elle dévore avec volupté, peau et pépins compris, après en avoir à regret rendu la tige. Goulue, va ! Un groupe de musiciens joue un peu faux des airs populaires. Arnaud a pris Malena par la taille, no sé bailar, conteste-t-elle, mais elle se laisse faire en riant, de ce rire nouveau, abondant, qui sort d'elle. Arnaud enfouit le visage dans la joie de Malena, cette légèreté l'emporte, lui aussi. Les voilà embarqués sous les arcades dans une valse gaie où ils se marchent sur les panards. Lui qui croyait que tous les Argentins savaient danser ! Les morceaux s'enchaînent, bien collés l'un à l'autre au petit bonheur la chance ils tournoient, *Sultans of Swing*, se bécotent, oublieux du monde…

Après ce voyage, Malena installera un atelier derrière le séchoir. Atelier est un grand mot pour la petite pièce où elle se retire pour crayonner, régulièrement. Elle ne montre pas volontiers ce qu'elle nomme ses « gribouillages », et ne le fait qu'avec un air irrité et préoccupé, comme si, une fois passé le plaisir de dessiner, elle portait sur son travail la condamnation sans appel de l'œil du commissaire-priseur sur les esquisses malhabiles d'un fou qui se prendrait pour Rembrandt.

Le désir de peinture de Malena est insatiable, ils écument les scuole. Voir la peinture à Venise les engage dans un jeu de piste de ruelle en ruelle, qui à son œil profane, ne valent pas toujours le détour. A-t-il le culot de marquer une lassitude ? Tu ne te rends pas compte, tous ces tableaux, je les ai étudiés dans les bouquins, ils sont là, devant moi pour de vrai !

Il a le temps de faire toutes les salles des Gallerie dell'Accademia ; comme elle n'arrive pas, il se coltine la visite à rebours de circuit et la retrouve plantée, mains agrippées à son sac. Le tableau devant lequel elle s'est immobilisée, il ne l'a pas remarqué particulièrement. Presque invisible, au regard de la clique des chefs-d'œuvre de Véronèse, Tintoret et Carpaccio, qui en imposent, rivalisent de nuages, de fesses roses et de majesté. Un tableau presque entièrement vert, si ce n'est, au ciel, l'éclair ouvert dans la boursouflure des nuages, et le paletot rouge d'un garde – mais est-ce un garde ? – à moitié hors-champ, sur la gauche, qui contemple, ou surveille, surprend, une femme à quelques pas de là, nue dans le paysage, en train d'allaiter un enfant. Au bout d'un moment Arnaud, gêné, réalise que la femme qui allaite a les yeux fixés sur lui ; un regard où se mêle à la plénitude des nibards à l'air une sorte de défi, ou d'inquiétude, si bien qu'à la longue franchement mal à l'aise il baisse les yeux, comme s'il venait de surprendre une scène dont il n'aurait pas dû être spectateur ; comme si son regard avait le pouvoir de défaire un équilibre improbable. Ses yeux reviennent à Malena, quelques mètres devant lui, arrimée au tableau, rocher dans la dérive des visiteurs. À la raideur de son corps, de sa nuque, il devine une émotion qui lui échappe ; quelque chose dans la peinture pour elle seule se formule, dans une langue d'elle seule connue.

Dans sa chambre d'hôtel où sa promenade l'a ramené, Arnaud voudrait revoir ce tableau. Soudain c'est urgent, comme si ce tableau contenait plus d'indices sur Malena que la dictature argentine. Il pense, quel con, qu'il ne s'est jamais demandé quel peintre avait réalisé la toile dont il ne connaît pas non plus le titre. Ignare. Assis au bord du lit, coudes sur les genoux, les mains sur les paupières, au cœur de l'effort pour faire revenir à lui les détails de la peinture, Arnaud sent gonfler une autre pensée ; cette scène champêtre qu'il avait eu l'impression de surprendre et profaner, n'était-elle pas une variante des classiques « Mères à l'Enfant » ? Le peintre n'aurait-il pas cherché, par un dispositif nouveau, à traduire l'étrangeté saugrenue de l'appariement que font les trois stars les plus célèbres de l'histoire de la peinture, Marie, Joseph, Jésus, représentées tant et tant que la conscience du mystère a fini par s'éroder, se pompiériser ?... Pour la première fois il songe d'un peu près à la Sainte famille de son enfance. À cette mère, que sa famille à lui, et lui-même, 15 août après 15 août, même après la mort de sa propre mère fauchée dans sa petite bagnole par un chauffard qui n'a pas respecté un stop sur la nationale ; à cette mère, que sa famille, année après année, continue d'honorer par un pique-nique à Ragounite. Drôle de mère, drôle de père, drôle de gosse, drôle de famille héritée en guise d'archétype. Une femme engrossée par un ange, des parents rassemblés autour d'un minot sans l'union de la baise, couple divorcé avant la conception même... Arnaud revoit le garde, habillé en rouge, sur la gauche du tableau, à moitié hors cadre. Donnant l'impression qu'il venait à peine de rentrer dans le champ, un peu par erreur, comme si le peintre était plutôt photographe et qu'il ne faisait qu'éterniser un instant du monde réel. Sous les paupières d'Arnaud, comme il tremble de désir dans le tableau, le regard de l'homme en rouge rivé à cette femme. Non pas regard d'un vieillard ennuyeux, chaste figurant derrière l'âne et le bœuf loin déjà des tentations du monde. Regard ébloui et protecteur d'un tout jeune homme... Et si la famille au fond ce n'était pas autre chose que ça, un trio de rescapés rassemblés par hasard sur une île déserte, plus soudés par l'occasion et la nécessité de créer du familier dans l'inconnu, dans l'étrangeté effrayante d'être au monde, que les amoureux les plus transis ?... Et si la famille, ça n'était pas autre chose qu'un chassé-croisé de regards, lui vers elle, elle vers toi hors du tableau, toi vers le tableau, un chemin de liens tissé par les yeux, qui creuse l'intime jusqu'à l'ébranlement ?

*

Arnaud éteint la télévision et quitte sa chambre d'hôtel pour marcher dans Guéret. Depuis quelques mois l'Argentine va de rebondissements en rebondissements. Le reportage télévisé qu'il vient de voir informait que les restes d'un cadavre féminin enterrés au cimetière de General Lavalle, à l'embouchure du río de la Plata, viennent d'être identifiés comme ceux de Léonie Duquet, l'une des deux religieuses enlevée le 10 décembre 1977 à Buenos Aires. Que doivent ressentir ceux qui ont quitté l'Argentine de la dictature, à l'annonce de ce genre de nouvelles ? Ces derniers temps plusieurs charniers ont été découverts. Arnaud s'assoit sur un banc, au milieu d'une placette sans ombre, derrière l'hôpital. Il transpire un bout de temps en plein cagnard, sans trouver la force de s'arracher au banc pour monter voir Malena. Il pense à ces charniers. Aux détails concrets de l'identification des corps. Il se demande comment on s'y prend, après trente années de décomposition, pour rendre son état civil à un cadavre. Ce que produit une telle nouvelle, d'avoir retrouvé la dépouille de celui qui depuis si longtemps manque. Si longtemps que la perte fait partie des meubles. Cette nouvelle, que produit-elle dans la vie de celui qu'on n'est plus, quand le pays d'autrefois n'existe plus et qu'on n'y vit plus peut-être, parce qu'on a dû partir, il y a si longtemps qu'on est devenu quelqu'un d'autre ?

Des ados traversent la place, au bout d'un bras un poste de radio crache en mono la musique d'*Il était une fois dans l'oued.*

Avant l'hôpital, il passe au café Internet. La première fois qu'il entend parler de la dictature argentine c'est à la fin des années 1970. Il est à Paris pour un stage, cela fait un bout de temps qu'ils se sont installés, avec Aline, en pleine cambrousse après ses études d'agronomie, il revoit Jules sur le quai, coupe au bol, bisous mon bonhomme, sept, huit ans ? salopette de velours côtelé rouge. Ce jour-là, où va-t-il ? Une foule manifeste, des bras hissent les photographies en noir et blanc : les visages des disparus français. Une vingtaine. Ces visages, arrêtés à jamais au hasard d'un instant, ont un nom, pense-t-il. Vingt-cinq ans plus tard, la liste apparaît sur l'écran du PC, dans le café où flottent des relents d'arrière-cuisine. Marcel Amiel, Robert Marcel Boudet, Jean-Yves Claudet Fernández, Françoise Marie Dauthier épouse Martínez, Alice Domon, Léonie Duquet, Léonie Duquet, voilà… Arnaud se cale contre le dossier de la chaise, le petit doigt en l'air il déglutit une gorgée âcre et tiède. Il revoit la foule. Des personnalités célèbres, lit-il, étaient engagées aux côtés de Jean-Pierre Lhande, dont le frère qui militait à l'Armée révolutionnaire du peuple avait été arrêté : Simone Signoret, Françoise Sagan, Catherine Deneuve, Julien Clerc, François Mitterrand… Il fallait alerter l'opinion, pousser Giscard et son gouvernement à s'impliquer. Arnaud se redresse et, se retenant au bord de la table, s'efforce de rentrer les abdos et d'étirer sa colonne vertébrale, pour dégager le bas du dos qui depuis le matin présente les signes d'une inflammation naissante du nerf sciatique. De tout cela, que lui reste-t-il, à part l'image transparente, à demi effacée, d'un rassemblement auquel, hormis l'après-midi où son chemin d'étudiant l'avait croisé sur quelques centaines de mètres, il était demeuré étranger ?

En sortant, abruti par le soleil, Arnaud marche dans les rues désertes. Le tee-shirt trempé lui colle dans le dos. À l'hosto, le miroir de l'ascenseur reflète son visage décomposé par la chaleur. Il pense aux démarches, au sujet de la famille de Malena. Aujourd'hui on en saurait davantage. Il avait fallu qu'il la travaille longtemps, pour qu'elle finisse par accepter. Ça ne sert à rien, objectait-elle, ils sont morts, qu'est-ce que tu veux trouver de plus ? Si ça t'amuse vas-y... La seule chose qu'il découvre vraiment, c'est que la disparition de personnes comme méthode de répression a été introduite en Argentine par l'école militaire française dès la fin des années 1950, dans la transmission des tactiques militaires employées et perfectionnées pendant la guerre d'Algérie. Quant au reste, de façon assez attendue, ses recherches n'ont débouché que sur une liste de quatre noms délivrée par le Servicio Paz y Justicia, auxquels était accolé l'adjectif « disparu ». Hector Rearte, disparu. Micaela Rearte, disparue. Matías Rearte, disparu. Malena Rearte, disparue. Todos desaparecidos.

Mais, toi, tu n'as pas disparu, tu es là !

J'ai disparu, Arnaud, un jour j'ai pris un bateau avec un faux passeport. Dieu seul sait ce qu'il est advenu de celle que j'étais de l'autre côté.

En rentrant de l'hôpital où Malena reste muette, Arnaud franchit le seuil d'une bibliothèque du quartier, qui consiste en une seule pièce. Il trouve en bas du rayonnage *Amérique latine* un volume jaune et sale, traduit de l'espagnol, écrit par un certain Eduardo Galeano qu'il ne connaît pas, *Jours et nuits d'amour et de guerre*. Accroupi sur les arabesques des carreaux de ciment, il grappille quelques passages. *Ils sont allés chercher Juan Gelman dans sa maison de Buenos Aires. Comme il était absent, ils ont emmené ses enfants. Sa fille a été retrouvée quelques jours plus tard. Pas le moindre écho concernant le garçon. La police prétend ne pas le détenir ; les militaires tiennent le même discours. Juan allait être grand-père. Sa belle-fille était enceinte*[1]. Arnaud pense au petit Raphaël. Il regrette de ne pas l'avoir regardé mieux, à Ragounite. Il réalise qu'il l'a accueilli davantage comme un emmerdeur que comme une personne. Quand il se redresse et retrouve la chaleur de la rue, alors qu'il n'a pas fumé depuis vingt ans il s'en allumerait bien une petite.

*

* *

1. Eduardo Galeano, *Jours et nuits d'amour et de guerre*, Albin Michel, Paris, 1987.

1978-1982

Emerge tu recuerdo de la noche en que estoy[1]

1. Pablo Neruda, *La Canción desesperada*.

Finie la grisaille des larmes de TV Pública ! Quand elle est seule, Romi aime se tenir devant le poste pour voir *Muchacha italiana viene a casarse* en couleur.

Mais, les soirs où le Boca Juniors s'oppose au River Plate, ils sont nombreux à se serrer au salon, devant la télévision du Docteur. Elle se réfugie dans la cuisine car il n'est pas possible de tirer le câble jusqu'à la galerie.

— Je te dis que le Brésil a étrillé la Pologne 3 à 1.

L'ardeur des supporters embrase la maison du Docteur sans s'arrêter au périmètre délimité par la lampe sous laquelle l'ouvrage est étalé.

— Comment veux-tu que l'Albiceleste s'impose face au Pérou ?

S'efforçant de ne pas entendre la voix du Docteur, de surcroît *son mari*, elle se concentre sur la fermeture à glissière qu'elle ajuste sur l'ancienne robe fraîchement retaillée en jupe.

— Quatre buts d'écart ? Ne rêvons pas. En finale, nous n'y serons pas, s'enflamme-t-il.

La voix cassante de Fernandez, introduit depuis quelques semaines sous la loggia comme un invité de marque, sonne tel un avertissement :

— Du calme, Leandro.

— Du calme ? Mais je suis désespéré ! Comment veux-tu qu'on gagne ?

— Ne t'inquiète pas mon ami, tout est prévu. Fernandez prend le temps d'une longue gorgée puis sourit. Rien de tel qu'une belle victoire, pour refaire une réputation. Le 21 juin, Leandro, mon cher Docteur, au moment où un groupe de femmes s'ébranlera Place de Mai pour une procession, écoute ce que te dit Fernandez, les yeux du monde seront suspendus au bras de l'arbitre qui donnera le coup d'envoi. Crois-moi. La sélection péruvienne sera accueillie dans les vestiaires du stade par le général Videla en personne, il entreprendra un discours sur la fraternité entre les peuples d'Amérique latine. Je te dis que sur le terrain, le Pérou s'inclinera 6 à 0 et offrira sa finale à l'Argentine.

— Et pourquoi Morales Bermúdez nous ferait-il ce cadeau ? insiste Leandro.

Fernandez se penche, le bitume de ses yeux durcit dans le sourire.

— La réputation n'a pas de prix, mon ami. En échange de la défaite de son équipe, le dictateur péruvien enverra à son homologue treize opposants politiques. Ces jeunes effrontés seront transférés dans la province de Jujuy pour un voyage... particulier. Leandro, connais-tu notre vertigineux Vol de la mort ?

*

Assise sur les toilettes, elle regarde, dans la culotte étirée entre ses genoux, l'amas granuleux. Elle se soulève, se penche en avant, plonge le bras entre les jambes, introduit un doigt. Doucement elle retire le doigt, la phalange coulisse ; fragments bruns visqueux ; l'odeur. Règles... Elle se laisse retomber sur la lunette. Ferme les yeux... Retient les larmes ; revient le rêve... Sensations qu'

il faut traverser ce paysage

Arbres, dépeignés, leurs grandes mèches se dressent, cyprès. Tu les as vus, un jour, un tableau célèbre, une reproduction, une salle d'attente, un peintre français dont... tu as oublié le nom... Les arbres secouent leurs langues noires, secouent... Ciel ravagé...

Dans le rêve les arbres sont immenses, ils ont la taille des navires.

soudain les arbres
s'arrachent

les arbres
dans le paysage ils   se tiennent à l'envers
ne tiennent plus à rien   les arbres
flottent   les arbres

traverser
dit le rêve
impossible

Romi se lève, le couvercle retombe sur la lunette. Elle remplace le linge dans la culotte et se rajuste. Elle lave ses mains au lavabo puis se dirige vers la salle à manger. Dans le tiroir du secrétaire, elle sort l'agenda couvert de moleskine noire. Avec son doigt (le même) elle compte les jours. Elle murmure, comme les écoliers déchiffrent. Plusieurs fois elle recompte... Elle détache le mince stylo retenu par un lacet sur la tranche du carnet, trace à l'encre une croix sur la ligne qui sépare mardi et mercredi. Deux ans et toujours rien... Elle s'effondre dans la chaise en rotin gris ardoise style colonial qu'elle tient de sa mère depuis... le *mariage*...

*

Elle se marie mais... Le promis n'est pas encore là.

Dans une heure les invités vont défiler. Elle n'est pas prête...

Romi tente de visualiser le visage de *l'homme* qui va franchir la porte du petit salon vert, bientôt. Elle n'y arrive pas. Allons, elle connaît très bien ce visage, elle le connaît. Elle connaît cet homme, qu'elle épouse, aujourd'hui ! Or, cette femme ne parvient pas à retrouver dans son esprit le visage de *l'homme* qu'elle épouse tout à l'heure. Est-ce une chose normale ? Les autres peuvent-ils deviner, à la regarder, qu'elle vient d'oublier le visage de l'homme à qui son destin dans quelques heures sera lié pour le meilleur et pour le pire ? Assise sur la chaise en rotin gris ardoise style colonial qu'a fait descendre tout à l'heure Claudia, sa mère, par une fenêtre de la loggia, à l'aide de cordes, le dos bien droit, elle pose, les mains sur les cuisses. Les mains transpirent sur le jupon. Romi. Concentre-toi. Ferme les yeux. Se souvenir de ce visage. Sous les paupières des visages d'hommes tournoient, ils tournoient... Des détails se présentent dans le théâtre de son esprit, avec la sévérité d'un directeur de casting elle les dévisage, quelques instants ; ils se laissent observer avec une complaisance modeste, hésitent à se poser dans l'emplacement vide correspondant à la silhouette du mari imminent, renoncent, s'esquivent... Tour à tour elle contemple... mâchoire dense et trapue... sourire flottant sous un regard vert... pommettes saillantes... cicatrice entre deux sourcils... Pedro, Pedro portait cette cicatrice entre les deux sourcils ! Mais Pedro n'est pas le fiancé qu'elle épouse, Pedro est un lointain cousin de la branche maternelle pour qui elle éprouva du désir, quand le désir est né en elle, aux alentours de treize ans. Aujourd'hui Pedro dirige une entreprise. Jamais Pedro n'a regardé une fillette comme elle, Romi, maigre, cheveux pâles et raides *comme ceux du père*. Pedro ne s'intéresse pas aux gamines maigres blanches et sérieuses à l'ascendance germanique. Pedro s'intéresse aux filles dont le rire dévale les collines des seins des seins joues bras dodus bruns bras seins, seins surtout, comme Mira. Mira et Pedro sont mariés d'ailleurs, depuis cinq ans. Non, aujourd'hui, Romi, vingt-quatre ans, épouse... Pour la vie...

S'*il* ne venait pas ?

Si finalement *il* la refusait ?

Ou.

S'*il* ne la reconnaissait pas ? *Lui* aussi, comment savoir, peut-être, en cet instant, errerait-il dans le labyrinthe des tables dressées dans l'attente des convives... Peut-être se sont-ils déjà croisés sans se reconnaître, peut-être chacun demeure-t-il pour l'autre un inconnu dont le regard un peu fixe inquiète, quand il croit reconnaître en vous, au-dessus des verres de cristal et de l'argenterie déployée, à la faveur d'une ombre farceuse, la personne que vous savez ne pas être... Et vous voudriez d'un léger hochement de tête vous soustraire à la mystification, indiquant, regard gêné, pardon, vous faites erreur... Que ferait-on alors, si le mariage n'avait pas lieu faute de mariés, des grands chaudrons de sangria sur la table perpendiculaire à l'estrade où, ce soir, jouera l'orchestre ? Faudra-t-il payer l'orchestre, si la fête est annulée ? Qui est-*il* ?

Romi ! Tu rêves ? C'est bien le moment ! La coiffeuse est arrivée. As-tu apporté les boutons d'oranger ? Elle pleure ? Mais qu'est-ce qui te prend ? Tu fais un mariage que toutes les filles en âge de se marier t'envient. Qu'est-ce qu'il lui faut ? Ce n'est pas ça ? Qu'est-ce que c'est alors ? Mais rien, laissez-la, elle ne pleure pas, tout va bien, une poussière, voici les fleurs, je n'ai pas su attacher les pressions du bustier à l'arrière, merci María, où sont les demoiselles d'honneur ? À quelle heure la famille du marié doit-elle arriver ? Où est le marié ?

Tandis que la coiffeuse prend en charge le sommet, Claudia s'accroupit pour arranger la base. Un faisceau d'épingles serré entre les lèvres, elle ajuste l'ourlet. Quand elle aura fini, il ne restera qu'à retirer la robe pour terminer. Le tailleur que la jeune femme doit porter pour recevoir les félicitations attend sur le valet. Des mots se détachent en capitales dans son esprit. AUJOURD'HUI, 24 ANS, ROMI, SA FILLE, SE MARIE. Médecin. Un héritier. Le fils aîné d'une des meilleures familles de Buenos Aires. Leandro est un proche du tout nouveau régime. Une fois sa fille mariée, Claudia appartiendra à une famille protégée. Elle a bien fait, autrefois, de ne pas avoir peur. Ne pas écouter les mauvaises langues qui montrent du doigt les filles épousant des étrangers. Avec Ernst, ensemble ils ont donné leur nom au hameau qu'ils ont fondé, sur la commune de Mina Clavero. Elle pique, Claudia, elle tire l'aiguille. Ses lèvres pincent. La main gauche tend le bas de la robe que Romi portera demain pour la fête. La main gauche tend le bas de la robe de Romi, dont les yeux bougent au rythme du balai qui a lieu entre l'antichambre et la cuisine.

Le moment où Ernst a dit cela, qu'il était d'accord. Un dimanche. La salle à manger. À côté de sa mère, Romi, les mains sur les cuisses, baisse les yeux. Sur le buffet cinq gravures anciennes et deux faïences de la vallée du Neckar. Tout cela formait l'essentiel d'une valise bouclée à la hâte, avant d'embarquer sur un grand bateau, les cheveux plaqués en arrière, le col de son manteau redressé. Débarqué en Argentine, il avait rencontré Claudia quatorze mois plus tard. En face de sa femme et de sa fille, Ernst fume la pipe de porcelaine qu'il n'utilise que dans les grandes occasions. À elle seule sa gravité supplée à l'absence des traditionnels portraits de famille. Il tire à petits coups, une délicatesse qu'elle lui connaît mal. Il ne relève pas les yeux pour le dire, qu'il est d'accord, pour que les choses se passent *à l'argentine*. Il veut bien faire cette concession. Leandro est un bon parti.

Dans l'antichambre, les plats de viande colonisent les nappes à la vitesse où l'essaim de mouches s'agglomère sur la chair ouverte. Carbonada criolla en son plat de terre, empanada gallega avec ses pimientos rojos, alfajores à la texture douce et cassante, locro... Ernst est d'accord, pour que les choses se passent *à l'argentine*. Claudia répète, une énième fois, l'emploi du temps des trois journées de fête qui s'annoncent. Dans une heure, les fiancés reçoivent. Une heure après midi, ils se rendent à la mairie. Les corbeilles de riz sont prêtes. Ce soir, seuls les proches sont conviés au banquet. Demain, Ernst attendra sa fille sur le parvis. Ce sont nos coutumes. Ernst dit que chez lui, les choses se font plus simplement. À l'angle des rues Valle Hermoso et Los Ceibos, les mariés déboucheront en voiture jusqu'à l'église. Le marié entrera seul, il se placera à proximité de l'autel. La marche nuptiale résonnera, la mariée longera la nef de la petite église de Mina Clavero au bras de son père, dans sa splendide robe blanche. Quand les alliances auront été échangées, qu'on se sera promis amour et fidélité, qu'on aura écouté les chants sacrés en rêvant une descendance nombreuse comme les étoiles, une nouvelle pluie de riz frisera le doux ciel d'octobre 1976. Sept mois pile que le général Videla a pris le pouvoir. Les invités se rendront à la salle de réception. À l'arrivée des mariés, les discours seront prononcés. Une fois les entrées dégustées, Romi et son époux ouvriront le bal. Un médecin... Son cœur de mère se rengorge... Viendra le plat chaud, puis la danse, puis le dessert. Là, enfin, la fête pourra commencer. Plus tard la mariée lancera son bouquet. On mangera le gâteau, incrusté de petits objets insolites reliés par des fils. Chaque jeune fille choisira une ficelle, caressant l'espoir de tirer celle à laquelle est attachée la bague dans l'épaisseur du gâteau. Vers trois heures du matin, des tambours et une danseuse feront leur apparition, pour le carnaval criocha. Chaque invité recevra un chapeau amusant et se mettra à danser d'une manière saugrenue. Un chariot fumant entrera en piste : le jarret de porc se sert entre deux tranches de pain avec une sauce persillée. Il est sept heures du matin. On se débarbouille pour le brunch dominical. Romi ? Où est passée Romi ?

*

Les visites, c'est depuis le début. La première fois, c'est la semaine qui suit le mariage. Une fois par mois *il* demande qu'elle organise un dîner. Les artisans de la Réorganisation nationale ont un fameux coup de fourchette. Plusieurs jours à l'avance elle est prise dans la tyrannie d'un compte à rebours où il faudra qu'elle décide d'un menu pour le gratin de la junte, planifie les courses et l'exécution des plats, décore la maison, se prépare à la conversation. Elle embauche spécialement une fille pour l'aider, dans la crainte de ne pas s'en sortir seule. La toilette est également une question épineuse... Elle vit les jours qui précèdent et la soirée elle-même comme en apnée. Sa vie, confisquée par les obligations d'apparat. Quand, enfin, ils seront partis... Çà et là traîneront reliefs et relents de cigare... Se réapproprier (plus ou moins) une existence à soi.

Dernièrement, en plus des soirées où les hommes sont reçus avec leurs épouses, des *réunions* ont lieu à la maison. Elle ignore en quoi exactement consistent ces *réunions* car *il* reste évasif. J'ai convié quelques amis, se contente-t-*il* d'annoncer. Dans la soirée, les *amis* frappent à la porte. Elle les fait entrer et les conduit dans la galerie, qu'*il* nomme le fumoir, et tire la porte derrière elle avant de regagner le petit salon pour coudre, ou regarder la télévision. Les convives arrivent un à un. Quand elle ouvre, elle voit mal leurs visages, à cause du réverbère dans leur dos. Ils entrent, leur allure détonne avec la distinction des invités des dîners ; ils portent des jeans à jambes larges et des blousons de cuir, avant de s'engager ils se ravisent et par-dessus leur épaule crachent le chewing-gum qu'elle avait vu louvoyer dans le sourire. L'un revient souvent, un peu plus soigné que ses comparses. Fernandez sent l'eau de Cologne et le cheveu lissé brille dans le contre-jour. Une moustache coquette souligne les salutations appuyées qu'il formule pour elle ; ces mots cérémonieux dans la dégaine désinvolte la gênent. Dans la soirée, à *sa* demande, elle pénètre dans le fumoir où les hommes en prennent à leur aise et renouvelle les verres ou les bouteilles. Passant derrière les fauteuils elle pose le contenu du plateau, remplace un lourd cendrier de verre opaque. Ils font les malins, crie Fernandez, ces chiens nous provoquent ! Le nom d'une rue, des expressions comme *ces salauds de gauchos*, reviennent dans les conversations. *La subversion.*

Tu comprends Leandro, bien qu'ils le masquent sous des dehors de sauveurs, leur objectif est la destruction en elle-même. Nous sommes le peuple, dit Fernandez. Nous, nous vivons, sentons, souffrons des problèmes de toute la communauté et partageons ses idéaux et ses rêves. N'est-ce pas Romi ? La subversion sert une cause esclavagiste et une conception qui réduit les droits de l'homme à néant. Une conception nihiliste, sans Dieu, sans liberté, sans loyauté et sans dignité humaine. Une conception basée sur des antivaleurs telles que la trahison, la rupture des liens familiaux, le crime sacrilège, la cruauté et la mystification systématiques. Mes amis, face à l'attaque de la subversion, nous n'avons pas failli un instant à la défense du patrimoine national[1]. C'est cela, notre fierté ! entend-elle encore, avant de s'esquiver, les joues brûlantes, comme salies par une pluie de cendres.

La haine injectée dans l'air par les mots ravive la mémoire de la colère du père, écoutant les actualités. Lors des actualités fructifiaient des invectives à la bouche du père, dont le sel lui moussait aux commissures, faisant naître en elle la honte. Répugnant autant à rejoindre l'unisson haineux qu'à en faire les frais, des années après elle traîne encore, en matière de politique, une paralysie qui l'empêche de se construire un avis en propre. Comme les nonnes renoncent à la chair, elle vit retranchée dans une forme d'abstinence politique

1. Extraits de discours du général Videla aux forces armées, 1976 et 1977.

qui la laisse au bord de l'époque, à l'extérieur de l'histoire, hors cadre. Parfois, vers vingt-deux heures, les *amis* sortent tous ensemble, commando informel ; d'un coup sec ils remontent la fermeture de leur blouson puis longent la haie de troènes pour s'enfoncer dans la nuit, vers mieux vaut ignorer quel dessein.

*

Elle s'appuie tour à tour sur chaque poignée de la lame, dont la courbe cisaille les feuilles parfumées dans un balancement de rocking-chair. Sous le hachoir, un jus vert s'infiltre dans les chemins entre les fibres de la planche à découper. Romi repose l'instrument, ajoute au hachis d'ail et de piment les lanières de menthe, essuie ses doigts après le torchon ; elle se dirige vers la fenêtre.

Ses yeux se posent sur l'herbe brûlée du petit jardin. Mardi, déjà... Les larmes montent, abondantes. Elles secouent. Est-ce une punition ? Au marché, les femmes murmurent. Quand elle s'approche elles se taisent. Elle, elle voudrait dire que *son mari* est seulement médecin. De longues années à répéter des noms et des symptômes, *des gestes qui sauvent, oui, exactement Madame*. Elle ne dit rien. Elle reste impassible. Elles pourraient croire qu'elle n'entend pas les paroles qui cessent quand elle paraît, comme un réveil brusque annule l'enchevêtrement d'un rêve dont ne reste à l'esprit que l'empreinte froide.

Romi essuie les larmes et se mouche. Elle tapote son visage pour répartir la couleur, retourne vers la table et malaxe. Malaxe. La viande. Assaisonne. Jusqu'à épuisement de la farce elle pétrit et met en forme, au creux de la main, là où les lignes se brisent, à l'aide du pouce, les boulettes qui plus tard, cuiront dans la sauce. Pendant qu'elle malaxe, elle visualise le trait qui la sépare de mercredi, dans l'agenda. Le mercredi, *il* se lève tôt. Une fois la farce épuisée, rincer le saladier, étendre un torchon propre sur l'armée de boulettes. C'est à cause des mouches. Elle rince ses mains dans la bassine. Défait le tablier. Va dans sa chambre. Elle tire le deuxième tiroir de la commode.

Un à un elle étale sur le lit les culottes et les soutiens-gorge, ceux du moins qu'elle n'écarte pas d'emblée, trop usés. Elle triture le linge de corps, en recense les défauts puis lève les yeux sur cette chambre qui est *leur* chambre à coucher, la chambre à coucher de Romi et la sienne, à *lui*. Ils *partagent* la chambre. Une pensée la traverse. Bien qu'une part d'elle les reconnaisse, une autre part découvre réellement les meubles sombres, le couvre-lit molletonné. Elle n'est pas tout à fait cette Romi.

Une décision brusque sort d'elle tandis que ses yeux comptent les cinq roses sèches disposées dans le vase, sur la console ; elle se rend dans l'entrée, saisit le lourd miroir en pied qu'elle déplace – il lui faut s'y reprendre à plusieurs fois – dans la chambre.

Elle a tiré les rideaux. Elle se tient devant le miroir, droit dans les yeux. Elle ouvre le corsage avec lenteur puis les doigts tâtonnent derrière, à l'aveuglette, ils défont le soutien-gorge : sur les seins, les lignes torses et violacées creusées autrefois par la puberté. Maintenant elle se place dos au miroir ; elle détache le bouton qui retient la jupe, enlève la culotte et se tord pour voir. Les fesses, un peu basses, douceur soumise. Cuisses menues. L'une après l'autre Romi enfile les culottes réservées sur le lit, devant derrière elle regarde l'image renvoyée, enlève, change, regarde encore, devant d'abord, puis la tête venue pardessus l'épaule, derrière. Puis les soutiens-gorge. Celui-ci. Dentelle de communiante sur la peau bleue. Devant, derrière. Encore devant. Elle pense aux nuisettes dans la revue de mode entrée dans la maison en toute clandestinité. Et s'*il* n'a pas envie ce soir ?... Elle passe un doigt distrait entre le tissu et la peau, le ressort, le lèche, le glisse à nouveau sous la dentelle, quelques secondes titille la tiédeur du bouton mauve – l'enlève, au moment où l'éruption de fourmis longe les cuisses et remonte, se perd dans une déroute sourde. Il faut pourtant qu'*ils le fassent.* Même si. Elle s'est rhabillée. Même si *quoi* ? Ses mains plient la lingerie défaite. Elle a le cœur plat des morts. Rester aveugle exige une concentration de tous les instants. Pourtant, elle devine ce qui se trame, dans la galerie. Elle sait.

Ils entrent la nuit tombée dans les maisons. Leurs semelles de crêpe se pressent dans les arrière-cours pour des effractions sans effet d'annonce. Leurs épaules poussent les portes qu'on cherche à refermer, des cris se dressent sur leurs pas. Leurs costumes sombres et leurs armes précèdent l'affliction des foyers. Ce sont d'autres méthodes. Leurs opérations déplacent les massacres dans l'effacement des brumes basses qu'exsudent les terrains vagues des faubourgs. Un crissement de pneus. Des ordres brefs. Une bousculade. L'obscurité arme et fait feu sur des hommes qui battent les paupières dans la lumière des phares, ahuris d'avoir voyagé serrés quelques quarts d'heures dans une fourgonnette. C'est un théâtre d'ombre où s'affaissent des corps à contre-jour.

*

En ville cela se fait, adopter un chien. Elle ne connaît que les chiens de ferme qui tirent sur la laisse dans l'ombre derrière une grange, leurs yeux langoureux gorgés d'un désir de vengeance, le détour qu'on fait pour rejoindre le fil à linge, éviter le périmètre circonscrit par la corde. *Il* souhaite posséder un chien, comme ses *amis*. Ce que peut vouloir dire souhaiter vivre avec un chien, la présence d'un chien dans la maison, elle ne se le figure pas. Des ordres s'adressent aux bêtes qui gueulent quand la mère apporte la nourriture qu'elle fait bouillir plusieurs fois par semaine dans une gamelle de fer blanc, ragoût de vieux pain, reliefs de repas, morceaux ignobles cédés à bas prix par le boucher. L'odeur lourde de la cuisson émet des clapotements semblables au fleuve de sang bouillant qu'on traverse derrière Virgile au septième cercle. Comment devra-t-elle s'adresser au chien ? Où dormira-t-il ? Et l'odeur du chien ? Le chien qui entre dans la maison malgré quelque parenté est différent des bêtes qui gémissent au fond d'une cour dans son enfance. Dans la bouche du père, les chiens n'ont pas d'autre nom que le chien. Ce chien dont le poil clair est soyeux, avec lequel *il* rentre un soir possède un nom : Atos. En grec explique-t-*il*, Athos est une montagne. Atos porte bien son nom. Dans tout le corps la force saille sous le pelage quand le chien se lève ou se déplace. Les chambres et la cuisine, elle obtient cela, restent interdites au chien. Le temps que l'animal le comprenne, plusieurs fois elle doit presser la porte contre la puissance du chien qui insiste. Il arrive une fois que le museau se coince dans l'embrasure, la bête alors gémit, se traîne sous le canapé de la galerie.

Le chien tout de même lui rappelle la campagne. La campagne lui manque. Ce qui sort de la main de l'homme est laid et brutal. *Il* n'aime pas qu'elle évoque ce manque de la terre. Cette difficulté qu'elle a, à trouver son énergie dans la ville, est une humiliation. Elle restera toujours une provinciale. Quand ils sont invités chez *sa* sœur, elle a peur que cela se remarque, à la façon dont elle tient la tasse ou ne sait pas rire avec la légèreté de Soledad ; des blocs plâtreux encombrent sa poitrine et empêchent la voix de bien sortir, porteuse des mots appropriés qui relancent la conversation. Comment s'y prendre pour éviter qu'à son contact, la conversation ralentisse, tangue, s'immobilise, prise dans un silence plus large que l'océan Atlantique traversé à la sauvette par son père, l'hiver 1946 ?

*

Un bruit la réveille. Moins qu'un bruit. Ce claquement d'aile des oiseaux rudes qui retombent sur la dépouille et fouillent la chair d'un bec avide. Elle n'a pas pu lutter si longtemps contre le sommeil. *Il* ignore qu'elle est éveillée, qu'elle guette *ses* mouvements qui secouent dans le noir les vêtements avant de les poser sur le fauteuil, avant d'ouvrir le drap sans égard pour celle qui repose et reçoit la secousse du corps qui écrase les ressorts. Elle a pris l'habitude de dormir sur le flanc droit, face au mur. Deux mains soulèvent la chemise et la prennent à la taille. Elles restent là, elles serrent, elles dispensent leur chaleur intrusive. Une main lâche, le bras longe son flanc gauche et d'un geste replie ses jambes, tandis que le buste appuie sur son dos jusqu'au point où son front entre en contact avec ses genoux. Le sexe se frotte contre les fesses, une main le guide plus bas, il entre mal, il force et flétrit la chair qu'il pilonne. Ça ne dure pas. Quand *il* s'arrache et se rejette sur le dos, tandis que çà et là, dans la ville, on pratique l'amour libre, elle serre les cuisses pour retenir la glu tiède à l'endroit de la brûlure, comme *il* l'ordonne, bon sang, comment veux-tu que ça marche sinon ?

*

Romi regarde le verre se vider de son contenu dans l'herbe. Sa belle-sœur a accouché le mois dernier. Des jumeaux. Soledad, accomplie. *Il* n'est pas rentré la nuit dernière. Cela arrive, de plus en plus souvent, *il* pousse le portillon dans la journée du lendemain, le visage rance, sans explications.

Comment les minutes s'enchaînent-elles ? Dans la chaleur de l'après-midi, jamais, Romi n'ira jusqu'au bout du jour. Jamais toutes ces minutes ne se laisseront-elles lisser en la cohérente et indistincte matière qu'on nomme temps. Tout cela, c'est au-dessus de ses forces. Pareille au verre renversé, il y a que son existence se vide par un trou secret. Cela, (quoi exactement ?), se perd dans la terre, bientôt absorbé par le travail aveugle des bêtes immondes qui décomposent, assimilent, transforment. Il faudra bien qu'autour d'elle, on s'en rende compte. Déjà, par endroits, sa peau devenue transparente laisse deviner le rien qu'elle recouvre, un rien opalescent, flamboiement vide de l'instant. Dissimuler est si difficile. Le ciel renverse au-dessus de la maison sa cargaison approximative de chaleur brutale. Jamais, non, elle ne réussira à la vivre jusqu'à la nuit, cette journée. Entre elle-même et l'heure suivante s'ouvre un trou béant qui fascine. Maman, murmure-t-elle.

Un marchand ambulant à l'ancienne, Fábio Rosa, s'était présenté comme témoin. Il avait indiqué à la police avoir croisé le coupé Renault Torino vert métallisé sur la route de Mina Clavero. Avec son âne il longeait le bas-côté, jusqu'au prochain village où il espérait écouler une bonne partie de son stock.

Assise dans l'herbe, Romi tâche d'imaginer la scène qui s'est jouée l'an dernier dans les paysages de son enfance. Les besaces de cuir balancent leur chargement au rythme de l'âne. Dans les poches les plus larges sont pliées, autour des vases en corne, les peaux de vaches et de moutons. Elles ressemblent à la peau de vache beige, rase et rêche, qu'elle a reçue le jour de son mariage. Les poches latérales renferment les objets plus petits : colliers, boutons de manchettes, portefeuilles, peignes, chausse-pieds, et sans doute, pièces maîtresses, des lames criolla. Les couteaux sont rangés dans leurs fourreaux de cuir, épais et souples, ornés de surpiqûres, dont la languette frontale permet le maintien à la ceinture. Les manches vont du traditionnel alliage bois et os de vache aux bois précieux ; peut-être trouve-t-on aussi, dans le chargement de ce Fábio Rosa, ceux qu'on réalise avec des pattes de nandou. Peut-être même vend-il des manches comme en possède le couteau du père, un manche en bois de cerf sculpté qu'on a brûlé avant de le polir, jusqu'à faire disparaître la couche extérieure et obtenir cette teinte rêveuse à la blancheur marine. Romi se souvient, elle a vu un cerf au zoo, à l'époque où avec sa mère elles accompagnaient le père à la foire de Córdoba. Devant l'animal, ses frères et sœurs s'émerveillaient de son port royal ; elle avait pensé à la mise à mort, au dépeçage requis pour faire des manches de couteaux.

Le coutelier aurait remarqué la voiture, un modèle sportif, parce qu'elle roulait non seulement à vive allure, mais en zigzags, sur la route déjà tortueuse, de sorte que son âne avait fait un écart et qu'il lui avait fallu un quart d'heure pour calmer l'animal.

Plus tard, quand il est arrivé au niveau des derniers lacets, Fábio Rosa a noté sur la route des traces de pneus qui dérivaient en direction de la pente : en contrebas, il a aperçu, à l'envers, le véhicule, dont les occupants avaient été évacués.

Qu'est-ce qui la tient, raide, dans le couloir, une main crispée sur le télégramme ? La peine, pense le préposé aux télécommunications ; au revoir, dit l'homme qui remet sa casquette avant qu'elle ne referme la porte. Elle reste un moment derrière cette porte refermée puis fait des pas dans le couloir. Ces pas la mènent dans la cuisine, ils la dirigent de nouveau dans le couloir, puis vers la chambre. Voilà qu'elle défait les boucles de ses chaussures, les mains roulent les bas sur les chevilles jusqu'aux pieds nus, elles défont le bouton de la jupe, ceux du chemisier, elles passent la robe de chambre sur la combinaison de Tergal et Romi se glisse dans le lit, ses parents sont morts vient-elle d'apprendre or ce n'est pas cette pensée globale qui flotte en elle mais celle seule du père ; la disparition du père, marée d'une douceur atroce, la disparition du père, enfin, monte en elle, le père, jamais plus le père… La peine pour la mère, rugueuse, viendra plus tard. Pour l'instant seule la mort du père entre en elle avec une réalité qu'elle n'a jamais osé se figurer… Elle essaie de se représenter l'accident, le père au volant ; peut-être a-t-il du sang sur le visage, peut-être, si le pare-brise a éclaté, le télégramme ne le dit pas, ces choses se demandent-elles, elle voudrait savoir si oui ou non le visage du père est marqué par le sang, si le père a eu le temps de savoir qu'il mourait ou s'il est parti avec la certitude de toujours, celle contre laquelle ses enfants depuis toujours se cognent, jamais écornée par les pleurs dans les brimades ; cette réalité de la mort du père entre en elle, c'est une joie qu'elle distille lentement, elle pourrait mourir de cette joie-là, tant le cœur a pris ses habitudes dans la honte et le repli ; une telle joie est trop forte pour l'âme contractée, les chairs, et pourtant, en même temps que la joie monte, monte aussi la peine, égale, presque supérieure, la peine de sentir que rien ne sera réparé, jamais, de ce qui a été commis...

C'est *lui* qui se présente avec ses frères et sœurs pour reconnaître les corps, indiquant que son épouse, nerveusement fragile, n'est pas en mesure de se livrer à l'exercice. Elle imagine très bien la scène, l'officier a relevé le drap, *il* contemple pour la dernière fois cet homme qui fut son beau-père ; fuyant l'Allemagne après la guerre, il avait donné son nom à une bourgade, dans une plaine harassée où dansent des herbes rouges.

Ce soir-là le père est gai. Dans la bouche la pâte colle au palais. Avaler, ne pas montrer qu'elle n'aime pas, les Semmel Knödel. Les Semmel Knödel elle sait comment s'en débrouiller, elle les coupe en tout petits morceaux, elle les imbibe de la sauce brune des roulades de viande, pour faire glisser. Comme d'habitude les chiens de la gravure de Dürer surveillent la table depuis le buffet. Le regard du père pétille, il se promène sur ses enfants ; ainsi l'abeille choisit son étamine. Dilaté par le vin le regard effleure, hésite, une tension crispe les estomacs. Emiliana a treize ans ce soir, alors le regard se pose sur elle – la grosse main du père écartée tâte dans la fourrure de la jument qui tressaille. Le père travaille dur, il tire des sillons droits derrière la mule, il castre les bœufs, le maïs. Toi tu mâches les Semmel Knödel avec application. À table, quand on n'aime pas le contenu de l'assiette, brouet d'ail, gras des viandes, il se lève, retourne la chaise du plaignant qui se retrouve dos à la table : fin du repas et de tout repas du jour. Les chevaux, il les aime. Honte de la vue de la main du père qui flatte l'encolure des juments, caresse attardée. Tu déglutis, tu enfournes un nouveau morceau de Semmel Knödel et mâches. Emiliana est le point de mire. Emiliana, bien qu'elle boite, a treize ans. Toi tu restes invisible. Le père ne s'intéresse pas aux petits enfants tout juste bons à cisailler la nuit de leurs cris abrasifs. Les enfants restent l'affaire de la mère. Torcher, nourrir, border, couvrir, affaires de femmes. À lui le dressage. Dresser c'est donne tes mains montre tes fesses, c'est tu te crois où tu te crois qui, c'est tu vas voir, c'est recommence, c'est pour ton bien. Mater. C'est l'anniversaire d'Emiliana. La pâte fade et bourrative tourne, elle se dissocie dans le travail de la langue, elle s'imbibe de salive. Être le point de mire à table est une chose dangereuse. Le père rit. Les ventres se serrent. La langue du père s'associe au rire et fait mal. Les sœurs et les frères entrent dans le jeu du père, on dirait qu'ils ne savent pas, ils se laissent cajoler par le sucre du rire, on dirait qu'ils oublient, comment ces scènes-là tournent, toujours. À moins qu'ils se sentent épargnés, parce qu'Emiliana, ce soir, a treize ans, et qu'elle est sur la sellette. Alors godiche, on est une femme maintenant, petite femelle va. Le père rit, heureux des mots qui poissent. De nouveau tu revois comment presse et vautre la grosse main dans la fourrure d'une bête qui tressaille. Le père rit. Les frères, les sœurs rient, ils barbotent dans la complicité du père. Rougeur d'Emiliana. Toi tu avales, brave, le morceau de Semmel Knödel, Emiliana sourit. Brave. Tu devines. En elle l'angoisse, labile, étend son encre. Elle rit, toi aussi, tu ris ; ne pas, surtout pas, être la cible du jour. Ne pas trahir la peur. Godiche, crient les frères, godiche ! Dans le ventre des frères, des sœurs, telles les vagues selon la lune, tu devines les progrès ou la rétractation de la zone d'encre, selon la direction du rire du père. Nul ne sait comment se crée la décision. Dans les culottes dardent les cicatrices. Parfois, la décision du père tombe, irrationnelle, imprévisible. Être dans les faveurs ne protège pas contre le risque. Sacrée petite femme, tu boites, mais te voilà bien jolie, roucoule le père, les yeux salivent, les frères rient, les sœurs, la mère se lève, elle emporte les os dans la cuisine, petite femelle va, ça pousse, c'est que ça pousse mon salaud...

*

Enfant, elle est restée dans une de ces maisons. Le père l'a emmenée là-bas, elle se souvient du trajet, sur plusieurs jours. Elle revoit la plaine, au réveil, rose. Un lac, la flore aux abords, luxuriante, aberrante après la nudité écorchée de la plaine, des heures et des heures, par la fenêtre de la voiture traversée par l'air brûlant, la nuque du père qui conduit en silence. On ne disait pas l'*hôpital*. Plus tard pourtant, une fois qu'elle connaît les choses, les souvenirs montrent que c'est dans une sorte d'*hôpital*, que le père l'a laissée. Combien de temps ? Une semaine ? Trois mois ? Un an ? Elle se souvient que le temps était long mais, qu'est-ce que ça veut dire, long, quand on a... quel âge au juste avait-elle ? Huit ans ? Trois ? Cinq ? Pourquoi l'a-t-il emmenée dans cet endroit ? Elle aura donc été malade ? Quel genre de maladie ? Pourquoi n'a-t-on jamais parlé de cela, ensuite ? Maintenant que ses parents sont morts, qui pourrait lui dire ce qu'elle a eu, qui a fait qu'on a dû l'emmener là-bas ? Où était-ce, *là-bas* ? Un alignement de petits lits de métal. L'écho d'un réfectoire. Un long couloir. Par une porte entrebâillée suintait l'odeur aigre d'une pile de draps érigée jusqu'au plafond de la petite pièce, sans doute la buanderie. Les cactus, dans le jardin ;

dans l'allée de gravier, en grappes maigres, les pourpiers. Le jus aigrelet qu'ils rendent quand on les écrase et qu'on goûte, pas dans la bouche, sermonne une dame au front pris dans une coiffe blanche... Parfois elle se demande : cette chose-là, qu'elle ne puisse pas avoir d'enfant, si c'était en lien avec ce séjour qu'elle a fait là-bas, toute petite fille ? Peut-être cela n'a-t-il aucun rapport. Comment saurait-elle, elle à qui l'on n'a rien dit, elle qui a tout oublié ?

La seule chose qui lui revient, c'est l'épandeuse à fumier. Le père l'avait acquise en son absence. Elle trônait, rutilante, sous le hangar. La veille, le père, Torsten le plus jeune frère et l'ouvrier remplissent l'épandeuse à la fourche. Les outils fouillent la tiédeur de la matière organique, l'effort fait saillir les biceps. Le lendemain la famille est éveillée à l'aube par un vrombissement d'hélicoptère. Sous les dernières étoiles, le métal des pales dissipe en volées grumeleuses l'épaisse fermentation qui garantit l'opulence de la ferme. Le ciel blanchit à peine que le premier chargement est répandu. En moins d'une journée, on abat le travail d'une semaine. Les hommes se frictionnent sous la pompe. Le père a faim. Le frère a faim. Et l'ouvrier. La viande bouillonne dans le maïs. La terre exhale des parfums féconds où se tortillent les vers de terre.

Tous les ans, entre ses courses dans les provinces du Chaco et de Santa Fe auprès des éleveurs de bétail et des cultivateurs de coton et de maté, le représentant de la marque Mengele resurgit ; le père acquiert des engrais venus d'Europe, une brouette légère et ultra maniable... Le visage de l'homme, l'air curieux que lui donnent la protubérance sur le front et le trou, entre les incisives. Les jours où Helmut Gregor[1] lui rend visite, le père est différent, aux petits soins. Il le fait asseoir dans le grand salon. L'Allemand rentre d'un séjour auprès d'une communauté mennonite, il dépeint leur noble passion pour la Nueva Germania. Les deux hommes parlent et s'échauffent, ils boivent du schnaps, le père transpire, le voyageur de commerce mâchouille sa moustache ; à chaque visite les mêmes expressions, stérilisation forcée, élimination des improductifs, réduire la démographie des plus primitifs, millénaires d'aliénation judéo-chrétienne... À voir le père faire sa cour à l'homme au chapeau enfoncé sur le regard, la rougeur monte aux joues de Romi. Des plaques apparaissent sur le visage et le cou du père. Lèvres retroussées sur les dents quelque chose en lui s'abaisse, comme si tout à coup il s'était emparé de la bassine de la mère pour étendre le linge de

1. Nom sous lequel Josef Mengele prend la mer pour l'Argentine.

corps sur la corde derrière la maison, travail de femme, les pieds dans les chiures de poules.

Elle a ressenti pareille brûlure. Le jour où Elda, la voisine, chuchotait avec sa mère ; après la liesse populaire son mari avait vu les corps, des tas de corps Claudia, sur les pelouses d'Ezeiza et tout au long de l'autoroute, à l'occasion du retour de Juan Domingo Perón, après dix-huit années d'exil.

Le soir, quand la lumière est éteinte, elle essaie de faire revenir ce qu'elle a eu, ce qui lui est arrivé, pour que son père doive l'emmener dans cette maison, parmi d'autres enfants qu'elle ne connaît pas, allongée le soir dans un lit de fer à côté d'autres lits de fer surveillés par des dames en blanc. Rien ne remonte, si ce n'est une giclée acide depuis l'estomac, dans la trachée, jusqu'à la gorge. Cracher, se rincer la bouche. Pincer dans le pot sur le rebord de la fenêtre une feuille de menthe et mâcher, masquer le goût qui persiste. Davantage qu'un goût, une empreinte de feu. Il y a en elle un trou. Une pièce fait défaut qui rend difficile la lecture de l'ensemble. Un portrait sans visage. Dans le noir, elle serre contre elle ses bras ; est-ce pour se protéger ou pour contenir l'éruption de ce qu'elle ignore et qui, peut-être, couve encore, et pourrait lui valoir qu'on l'emmène, de nouveau, dans ces maisons, contre son gré ?

Orpheline…

Une mouche vrombit au fond du verre.

Fermer les yeux.

Que la prenne ici, sur-le-champ, l'oubli du sommeil.

*

— Vous pourriez… adopter…

Une portion de temps prélevée au cours des choses s'installe entre les deux femmes ; elle pèse, étrangère, compacte, comme une greffe fraîche. Romi, assise dans le jardin à côté de sa belle-mère, caresse ses ongles de pouces l'un avec l'autre. Pendant une, deux minutes, on entend seulement ça, le bruit d'un pouce frottant un pouce. Marta attend que la femme de son fils devine. La phrase prononcée, c'est déjà tant… Sa belle-mère attend mais… Romi, idiote…

Romi comprend : il ne s'agit pas d'une adoption ordinaire. Une adoption ordinaire, dans cette famille, sa famille à *lui*, la sienne désormais car elle n'a plus d'autre famille, ça n'existe pas. Une adoption ordinaire, mandat pour l'opprobre, reviendrait à reconnaître publiquement l'échec de cette famille à s'assurer une descendance. Contre son bras, la réticence de Marta irradie un faisceau presque piquant. Romi pourrait l'inciter à continuer, poser une question... Sentir cette lutte d'une femme puissante sur le point de se compromettre procure un frisson dont les chaînons s'articulent, un à un, comme la chaîne du seau qu'on tire hors du puits s'enroule autour de la poulie. La honte de Marta, accessible, miroite au-dessus du vide ; elle miroite, Romi pourrait, oui, presque plonger la main dans la honte montée des profondeurs. La mère de Leandro, toujours forte, irréprochable... Tu pourrais m'aider ! La voix coupe. Comment ça, vous aider ? D'un coup la chaîne lâche, le seau s'enfonce, l'obscurité l'avale. Romi transpire dans sa robe fermée aux poignets par les boutons récupérés sur une robe ancienne, pas du tout à la mode du temps présent qui flâne dans les rues de Buenos Aires. Et si Marta n'allait pas plus loin ? Si elle se levait, s'en retournait de son pas lourd de lourdes jambes de femme installée dans son bon droit, la laissant là, toute seule avec l'espoir avorté ? Ce n'est pas plausible, car Marta, plus violemment qu'elle-même (est-ce possible ?) et pour d'autres raisons, plus que tout Marta le veut, que son fils et sa belle-fille aient un enfant.

Il existe, avance Marta, (elle souffle plus qu'elle n'articule) des dispositifs... Des... dispositifs ? Comme on assiste par effraction à une scène qui n'est pas destinée à notre contemplation, Romi regarde Marta se compromettre sous ses yeux, sans ornement. Son cœur, comme il bat soudain. Elle éprouve l'ardeur de ce qu'elle a déjà décidé. Oui, bien sûr, qu'ils le feront. Maintenant le front de sa belle-mère touche le sien, les pensées circulent sans paroles, entre elles. Complices... Beaucoup de familles le font. Qu'est-ce que tu crois ? Nous serions les seuls ? Elles s'écartent l'une de l'autre. L'air brûlant roule dans l'ombre qu'elles goûtent sous le jacaranda. La misère morale de ces gens est inimaginable, explique Marta. Les nôtres meurent à cause de leur subversion. Ne me regarde pas comme ça. Romi. Tu désires un enfant, oui ou non ? Bientôt trois ans que vous êtes mariés. Les gens parlent. Pense à ce que je viens de te dire. Personne ne saura. Ce petit sera ton enfant. Tu ne te montreras pas pendant quelques mois, nous dirons que tu dois être alitée. Il est d'accord.

Dans la nuit de la chambre Romi rabat le drap sans bruit. Qui a eu l'idée ? Marta, vraiment ? À moins que... *lui*, même ?...

Ses mains se promènent sur son ventre, les doigts pétrissent, ils pincent, chair infertile. Romi mord ses lèvres, elle se retourne sur l'oreiller trempé, le spasme meurt dans le sel. À côté d'elle *il* dort. Pourquoi ces choses ne peuvent-elles être abordées entre époux ? Pourquoi est-ce sa belle-mère qui lui a parlé ? Ils ont conspiré, tous d'accord. Elle est la dernière à être consultée. Un maillon à peine indispensable. Presque déjà mise devant le fait accompli. Aurait-elle eu le pouvoir de dire non ? En aurait-elle seulement eu le désir ?

*

Son père racontait. À la fin du déjeuner, le dimanche. Le couvert desservi, la mère revient, sur le plateau de zinc martelé, la cafetière fumante. Elle pose les tasses et leur soucoupe sur la nappe ; lui vient d'ouvrir la boîte à cigares du Honduras, il baisse la tête, plisse la lèvre supérieure contre la narine, hume le rouleau gris, se redresse, satisfait, le fait coulisser plusieurs fois entre pouce et index, en coupe le bout avec l'aide d'une guillotine, avant d'actionner la molette du briquet. Eux, les enfants, sont tenus d'écouter. Mais. Elle, pourrait se lever, dire, non, qu'elle n'a pas envie, d'écouter les récits du père. Mais. Romi reste assise à regarder fumer le père. Comme Torsten. Comme Lisbet. Emiliana. Tomàs. Dans cette région du Palatinat où le père vivait avant de quitter l'Allemagne, on n'a pas oublié. Son père aussi racontait, explique Ernst qui souffle des volutes violettes dans la lumière oblique de la salle à manger. Dans cette famille on raconte, de père en fils, depuis le jour où Bodo les a vus, pour la deuxième fois.

Les eaux du Rhin sont gelées quand ils reviennent. Une fumée brune se tord par-dessus la forêt, plus haute que les voiles des navires remontant le fleuve en direction d'Heidelberg. Un incendie… Le bourg…

Romi pense à Bodo dans le récit du père. Elle le voit, très bien, elle le connaît presque. Ce sont vos ancêtres, dit le père chaque fois qu'il raconte. La première fois, Bodo a cinq ans. Depuis le matin le ciel s'épaissit. Debout sur un tabouret de bois, l'enfant regarde par le fenestron le gruau gris qui fermente entre les collines. On ne sent pas encore l'odeur d'orage. La chaleur pèse. Le seigle est à point. Tous les bras sont dehors. Finir la récolte, ou tout sera perdu. Derrière Bodo le couteau joue son rythme sur la planche. Ada coupe les pommes de terre. Descends de là, elle dit. Viens plutôt m'aider. Bodo obéit. Il frotte les légumes dans la bassine puis les tend à sa sœur. Ada coupe vite. Le chaudron est au-dessus des braises, quand on ouvre la porte.

Les hommes. Les cris d'Ada. L'enfant se faufile, dehors partout des soldats défoncent les portes à coups de pied. Il se glisse derrière la maison, il se coule dans le jardin et comme ça, de jardin en jardin, sous les groseilliers, jusqu'à la sortie du bourg. Il grimpe sur le toit d'une remise. Sur la route, une colonne de soldats née entre deux collines se déverse contre la grande porte. Hommes, cris brefs, chevaux, poussière, crue subite elle se défait là, tournoie sous l'arcade puis, multipliée, inonde les ruelles. Son cours brutal fouille, il résonne, partout. Dans le corps du bourg. Bodo s'écorche au mur de pierre, le genou brûle. Revenir en arrière, par les jardins. Il rejoint le sentier qu'il connaît, se redresse et court, jusqu'au bois. Il reste là, longtemps, dans le buisson, les branches brusques dans les côtes, cœur contre terre. Enfoncé dans l'ombrage, Bodo entend les bruits. On casse. Des femmes crient. Il pense au mot qu'on dit, dans les veillées, depuis quelques semaines, *Schnapphahn*. Les doigts enfoncés dans les oreilles il récite la comptine de Mutti. *Nicht schlecht Herr Specht.* Et recommence. *Gar nicht übel, sprach der Dübel.* Bien plus tard, on n'entend plus rien, alors il rampe et va voir. Le bourg fume. L'église aussi fume. L'enfant ne reconnaît pas. *Und verschwand in der Wand.* La maison est mangée. Une partie pend, bouche arrachée. *Und verschwand in der Wand.* Dans la cour, parmi les décombres, découvert, le corps d'Ada. Ce qu'ils ont fait à Ada.

Romi, bras gelés, ne regarde pas le père qui attrape un morceau de gâteau brun avec la pointe de son couteau. Elle sait que ses yeux ont la couleur épaisse du vin quand il raconte. Ces salauds de Français. 1918, c'était pas la première fois, au traité de Nimègue déjà, ils n'ont pas joué franc-jeu ; Louis XIV était gourmand. Chut, dit Claudia. Quoi chut ? Tu parles fort, Ernst. Et alors, je gêne qui, les voisins sont à trois kilomètres, et puis tu sais ce que j'en pense moi, des voisins ? Vois leurs visages, sûr qu'ils ont du sang indien ! Claudia quitte la table et se rend dans la cuisine. Casseroles et couverts sonnent contre l'étain de la bassine. Il le savait, Turenne, la Quadruple-Alliance était plus forte. La preuve, à Dünnwald l'avant-garde française a été défaite. Tous les princes allemands s'étaient unis, les jeux étaient faits. Pourtant ces salauds de Français ont gagné. Comment ? Les belles batailles qu'on mène dans les règles, entre armées civilisées ? Elles n'ont pas eu lieu. Tomàs ? Tu veux savoir comment ils ont gagné ? Torsten ? Emiliana ? Lisbet ? Et toi Romi ? Des Ottomans. Leur victoire, ils l'ont arrachée comme des Ottomans. Romi ignore qui sont les Ottomans, elle n'est qu'une petite fille qui rassemble les miettes sur la table puis les étale en un champ miniature pour y passer le doigt comme la charrue ; elle ne sait pas, Romi, si elle désire savoir ce que c'est, une victoire gagnée à la manière des Ottomans. Il raconte fort, le père ; dans le jeu elle guette les yeux, leur froideur coupante rentre dans la gorge, comme si elle y était pour quelque chose à tout ça, comme si le père tout à coup pouvait le découvrir.

Comme si le père pouvait découvrir que de toute la force qu'elle est capable de réunir sans que cela paraisse – contre la volonté du père car, il faut que dans cette famille, on s'en souvienne – elle s'applique à ne pas entendre, à ne pas savoir.

Le point faible des Impériaux, c'était le pain et le fourrage. Les soldats, tu comprends, se procuraient la nourriture sur place. Même chose pour leurs montures. C'est pour que l'armée crève de faim que Turenne a ordonné le ravage.

Pour Ada et pour les autres un trou est creusé dans une clairière. Même les tombes sont violées. À Spire, à Worms, les soldats de Turenne ouvrent les sépultures impériales. Plusieurs semaines, on vit dans les bois. Plutôt les loups que les Français. L'été est brûlant, on a soif. Partout ils ont détruit les fontaines. On évite les eaux du fleuve, ralenties, rougies du sang des massacres. On ne sort pas du bois. Sur la route au loin, le grain part dans des charrettes. Parfois l'un des nôtres se faufile jusqu'à là-bas. Il revient, on se masse autour de lui. Un matin l'un voit les soldats ennemis former une chaîne pour faire rentrer la paille dans la mairie avant d'y mettre le feu. Les tonneaux de vin sont éventrés ; après ils font rentrer la paille dans le chai, ils mettent le feu ici aussi. Puis dans les granges où la première partie des récoltes venait d'être remisée. Dans le moulin. Même dans l'église, oui dans l'église ils ont fait rentrer la paille et allumé le feu. À travers les feuillages on voit les flammes courir sur le dos des récoltes, gagner la vigne. Le soir on grelotte. On se tord les poignets dans l'impuissance et la rage. Le bourg brûle pendant plusieurs jours. Une semaine. Ou plus. Coudes sur la table, les paumes sous le menton, Romi fixe son père ; depuis quelques minutes, discrètement, deux doigts blanchis dans l'effort appuient sur la partie avant du pavillon de chaque oreille ; obturer le conduit.

Maintenant il a dix-neuf ans, les eaux du Neckar sont gelées. Il connaît, Bodo. L'aube brutale. Cavaliers, grenadiers et dragons boiront tant de vin que ça fera mille désordres, il ne sera plus sûr pour les voituriers de marcher sur le chemin. Les marauds démoliront les maisons, ils prendront le grain, les vaches et les chevaux. Et eux, une deuxième fois, ils iraient vivre dans les bois. On s'en souviendrait, à Leimersheim, à Germersheim. Quand ils sortiraient de la forêt, ils ressembleraient à ces bannis qui traînent leurs haillons au son des crécelles. Entre les amas de pierres on peinerait à distinguer les fossés des fortifications. On s'en souviendrait. En 1870, et bien plus tard. Les familles elles-mêmes raconteraient aux micros des collecteurs de mémoire les ravages de Turenne, exhibant les vieilles gravures qui dorment sur les buffets, condamnées à ressusciter le cauchemar pour chaque nouvelle génération.

Elle n'est qu'une exécutante. Dans la nuit, le cœur lui bat dans le corps, endroits incongrus, pulpe des doigts, intérieur du mollet, lèvres, bas-ventre. Son mariage lui-même, œuvre du père, n'est-il pas un maillon dans la vengeance du père ? Pourtant. Qu'est-ce qu'une exécutante ? La honte darde à la place du cœur, partout dans son corps. Toute exécution ne requiert-elle pas son exécutant ?

*

L'été de ses huit ans, avant de partir tante Victoria lui offre un petit carnet de pages blanches sans lignes, cousues d'un fil de coton ciré. Le papier est lisse, doux aux joues quand elle y enfouit son visage. Le carnet est glissé dans son lit, sous l'oreiller. Dormir au-dessus du carnet la place sous la protection de l'été. Il suffit qu'elle faufile sa main dans le noir pour que le contact du papier déploie des pensées vagues qui ont quelque chose à voir avec la maison de ses cousins, la couleur ocre du fleuve Paraná où la disparition de ses pieds la fascine, la moiteur de la forêt contre la maison de son oncle et de sa tante, et, telle une brise en pleine canicule, l'absence du père. Au lever du jour, Emiliana et Lisbet dorment encore ; sous la lumière terne de la fenêtre, de lui-même le carnet s'ouvre dans la main, pareil au fruit très mûr dont le noyau s'est fendu s'évase et s'offre. Il arrive qu'elle monte l'escalier de bois noir dans la journée et pousse la porte de la chambre. Passer la main entre les draps tendus, toucher le carton souple, suffit. Peu à peu la pliure centrale s'affirme sous la pression du visage contre l'oreiller. Pour l'ouvrir il faut alors introduire les doigts entre les pages. Ouvrir le carnet active ce bonheur issu de la maison de tante Victoria, mais peu à peu s'en dégage, dérive, se peuple d'éléments disparates, l'image d'un âne dans un champ, le visage d'une amie à l'école, la forme d'une écorce. Puis ce parfum s'estompe. Ainsi agenouillée dans son lit elle fixe les pages et l'idée lui vient que des choses pourraient être écrites. L'image mentale des pages écrites diffuse en elle une coloration nacrée. Que pourrait-elle écrire ? La question l'accompagne, plus besoin d'ouvrir le carnet pour ressentir un coup au cœur.

Ce matin-là il lui semble que c'est le moment. Pieds nus elle sort de sa trousse d'écolière un crayon de bois, ouvre le carnet, attend. Les mots ne viennent pas. Une ombre rugueuse freine le parcours des mots. Les mots abîmeraient quelque chose de la douceur des pages ; moins l'image des mots, que le sens des mots. Ils fausseraient la blancheur. Il faudrait, pour ce carnet, quelque chose qui n'arrive pas déjà chargé du poids du monde, quelque chose de plus léger, de plus neuf. Elle s'éveille très tôt en pensant à ce carnet. Elle s'assoit dans le lit ; attelée à l'écheveau de la nuit, sa main d'abord se promène au-dessus d'une page, puis la tranche se pose. Le contact de la mine ne se fait pas encore mais un geste point. Tiré par l'aimantation de la page, cousu au rêve encore frais dans la chambre, un élan. Alors le crayon laisse une trace. Naissent des racines, des herbes entortillées, parfois l'esquisse d'un paysage, au fond d'un œil. Le plaisir de tracer est intense, la fillette rougit dans sa chambre. La journée qui suit elle pense au carnet sous l'oreiller, elle est habitée d'une inquiétude nouvelle : trouver une cachette plus sûre. Après l'école elle rôde dans la cour. Elle déjoue la vigilance des frères et sœurs, se glisse sous la barrière et s'esquive par le champ jusqu'au chemin. À l'intersection un panneau indique le nom du hameau, il est fiché dans un bâti de pierre sèche. Elle découvre qu'il est possible de déloger l'une des pierres, en bas. Le carnet trouve sa place dans la brèche d'où elle le déniche quand elle dispose du temps suffisant pour tracer, les yeux presque fermés, ses hiéroglyphes.

Dans l'atelier elle dérobe un bloc de charbon avec lequel Torsten note, sur les planches, les dimensions, avant de scier. Marier les traits larges et noirs aux gris légers renouvelle le plaisir. Quand il n'y a pas classe, sous n'importe quel prétexte, entre deux activités obligatoires, Romi se rend chaque fois que possible vers la petite borne et s'installe sous le buisson où elle a pris l'habitude de s'abriter pour dessiner, se perdre à la hâte dans l'exercice aveugle du tracé. Les pages du carnet se peuplent d'espaces immenses ou resserrés, tantôt lisses, tantôt accidentés, où paissent des sortes d'animaux. Certains jours apportent des rythmes tortueux. Parfois les formes qui naissent prennent des allures d'objets ou de plantes, incomplets, qui se côtoient ou s'articulent, comme nous parviennent au matin, partiels, les résidus d'un monde chaviré.

Il pleut. Dans son lit elle écoute les crapauds. Ils coassent, comme à l'intérieur de la pièce. Cette chose enveloppante qu'est la pluie. Elle n'a pas sommeil. Quand elle lève le bras au-dessus du visage elle ne distingue rien. La nuit est faite pour dormir. Elle guette. Les choses de la chambre agglomèrent leurs ombres, une pâte lisse où vibrent des points par milliers. Son bras, son corps, ses cheveux, sa langue, ses pieds, sans témoin, peut-être ont-ils fondu dans la chambre, mêlés au souffle des sœurs qui roupillent, mêlés au corps des sœurs elles aussi déversées dans l'obscurité gluante, mêlés à l'armoire, au bois du lit. Elle bouge sa langue, ses pieds. Ses pieds, sa langue, oui elle les sent, ils tressaillent. Impossible d'être sûre pourtant, qu'un lien, quelque chose qu'on appelle un corps, relie sa langue, ses pieds. Peut-être la masse tiède dans sa bouche est-elle la langue d'une autre. Peut-être un animal tiède retourne-t-il dans son sommeil sa masse tiède, pour mieux épouser la grotte humide du palais. La nuit est faite pour dormir. Le carnet, dans sa cache de pierre. Elle pense à son carnet, là-bas, sous la pancarte avec le nom. Quand il s'est installé, il y a longtemps, sur la commune de Mina Clavero, le père a donné son nom au hameau. Elle partage le nom du père. Le nom est l'obscurité qui les garde, entremêlés, tous, captifs. Penser à la présence du carnet sous le nom du père la fait frissonner. Le carnet dans son réduit creuse des galeries friables dont le labyrinthe fragilise l'édifice. Un jour, par la force abrasive du carnet, peut-être la borne qui porte le panneau va-t-elle s'effondrer. Le nom du père, brisé, dans les pierres. Quand cela aura-t-il lieu ? Dans la pluie régulière la tête lui tourne. Elle ne sait si elle souhaite, si elle redoute, ce travail lent, obscur, du carnet.

Déchirées. Accroupie sous le buisson elle suffoque. Plusieurs pages du carnet ont été déchirées. Le passage acide du sang dans son cœur fait mal. Pourquoi ? Dans sa bouche la langue s'énerve sur les dents où elle trouve un goût de métal. Elle s'assoit sur la terre sans odeur, sans penser qu'elle va salir sa robe. Qui ? Sans attention pour les pierres sous son corps, elle se laisse aller. La secousse en elle part d'un abîme qu'elle ignore, elle progresse, ses ondes s'amplifient. Jamais plus. Elle s'abandonne, elle se coule dans le spasme, elle devient la convulsion de ce mouvement qui la tord. Jamais plus elle. Jamais plus, elle ne pourra dessiner dans ce carnet. La couleuvre se tord et se dresse en elle encore, puis retombe ; elle se coule dans une fissure, invisible. Alors, les mains froides, une à une elle arrache les pages qui restent. Elle arrache, elle déchire, méthodique. Détruire les pages blanches est douloureux mais le bruit du papier procure un soulagement. À la fin les morceaux font une poignée de pièces sourdes qui gonfle la poche du tablier. Elle rampe hors du buisson, se relève, frotte la terre des genoux. Aveuglée par le ciel fendillé qui tombe en lames dures sur la campagne, elle marche jusqu'au ruisseau où elle égrène la monnaie dans le courant. Les jours qui suivent, les gestes sont ceux d'une étrangère. Elle ne peut pas ne pas sentir, dans le sourire de Lisbet, dans le sourire qui ripe, contre elle, plus souvent, dans le sourire, la cruauté des dents de Lisbet.

Plus tard, quand pour elle l'école s'arrête complètement, Claudia inscrit Romi à un cours du soir d'histoire de l'art qu'on donne à Mina Clavero. Bizarrement le père n'était pas contre, tout au plus un haussement d'épaules. Si ça te chante, en attendant de te caser… Les cours ont lieu dans la salle d'accueil du presbytère. Jusqu'à son mariage, elle suit ce cours, une fois par mois.

*

C'est lui, déjà, mon dieu, va ouvrir, Romi, et ton père qui n'est pas là, et le repas n'est pas prêt… Invite-le à s'asseoir au salon, et fais-lui la conversation ! Romi essuie les mains sorties de la bassine où flottent les prunes et se glisse dans le couloir. Derrière la vitre, une silhouette. Elle ouvre la porte et reste un instant, prise au dépourvu, à *le* dévisager. Vous me reconnaissez, *il* déclare, plus qu'*il* ne demande ; elle s'excuse et se tourne, *le* prie de la suivre ; le porte-manteau est ici, nous sommes désolées, le père n'est pas rentré ça ne saurait tarder ; et d'autres phrases pataudes sortent d'elle sans qu'elle y pense ou sache ce qu'elle dit car en elle, noyau rauque, se forme une fureur sèche et dure, qui pèse dans l'estomac, je vous en prie, asseyez-vous, car elle comprend, la conspiration. C'est *lui*.

Le mois dernier, à la foire de Córdoba. Depuis le Cordobazo, son père se rend seul à la foire, à cause du danger que représentent les ouvriers. Possédés, les ouvriers de Córdoba. La rage folle logée en eux, irrationnelle, toujours menace de rompre les digues et, péril rouge, de se répandre et tout submerger, et là, Claudia, qui sait ce qui arriverait. Mais cette fois-ci, Claudia avait annoncé – après qu'elle eut desservi la table, tendant un paquet de soie brun sorti d'un tiroir, une capeline neuve ! Celle de Romi pourtant est encore bonne, ça n'est pas dans leurs habitudes un vêtement pas vraiment nécessaire –, demain, tu iras avec ton père. C'était le premier anniversaire de la mort de Perón, du temps d'Isabel. Tu prendras l'air, tu t'étioles, Romi. Le lendemain, avant l'aube elle grimpait sur la carriole, en habit neuf, sonnée qu'on se soucie qu'elle doive prendre l'air, mal à l'aise de la proximité physique avec son père.

À la foire, Ernst avait passé la journée à palper, parlementer. Dans l'après-midi il avait poussé le portillon d'un établissement. Assieds-toi là, commanda-t-il, désignant sous l'arbre une des tables de fer ajouré garnie d'un bouquet, tandis qu'il franchissait la porte donnant sur la salle. Elle attendit, à ce qu'il lui sembla, longtemps ; sur le point de s'assoupir, bercée, dans la brise ; quand un homme sortit par où son père avait disparu, tout à l'heure. Elle n'y prêta pas attention, jusqu'à ce qu'elle prenne conscience de ce qu'assis quelques tables plus loin, élégant dans son manteau de cuir, un peu plus jeune que son père, fumant, il posait sur elle un regard, d'une façon tellement pointue qu'elle en fut comme réellement piquée. Ouvertement dévisagée. Comme on détaille les chiens, les rosiers (Que son père revienne Qu'ils s'en aillent). Quand il l'avait eue bien dévisagée, il était rentré dans la salle, du pas tranquille de l'homme qui vient d'écraser un cigare avec soin. Plus tard, sur la carriole, le père sifflotait dans le grand paysage sans arbres où le vent du soir s'était levé.

Il s'avance dans le salon, regarde autour de *lui* ; tend son manteau de cuir, sans un mot. C'est prévu comme ça. Par eux, par *lui*. Elle a été observée par *lui*, le mois dernier à la foire de Córdoba, pour *affaires*. Ce qui est arrivé n'était pas fortuit. À l'heure où, dans le monde, on chante *We don't need no education, we don't need no thought control...* tout est décidé par *eux*, par et pour *lui*. Elle, vingt-quatre ans bientôt, objet d'une décision qu'elle ne prend pas, entre le pas de porte et le salon, elle disparaît. Il lui suffit de quelques enjambées pour sentir que sa chair fond, sa chair ou ce qu'elle prend pour sa chair, car s'appartient-elle ? Or cette disparition est acquiescement.

*

Il n'a pas voulu qu'elle l'accompagne. Pourquoi fallait-il que cela se passe la nuit ? Elle attend, serrée dans son châle. La question, pas plus que toutes les autres qui se rencognent en elle, pareilles aux voyageurs illicites dans la cale d'un navire, ne franchira ses lèvres. Tout s'est passé très vite. Désire-t-elle, redoute-t-elle cette arrivée ? Parfois elle se lève et dérive vers le couloir. À plusieurs reprises elle entrouvre la porte. La rue est déserte. La nuit, rumorante, son ciel de ville roux sans étoiles. Elle referme. Dans le miroir de l'entrée, une fièvre phosphorescente injecte son œil. Saura-t-elle s'y prendre ? Car comment fait-on ? Aux endroits du corps le cœur bat sous la peau. Des siècles qu'*il* s'est essuyé la bouche pour, reposant la serviette sans la plier, déclarer, il est temps, j'y vais. Quand tout a été rangé, Romi s'est laissée tomber dans le voltaire à l'assise de paille. Elle a cru d'abord lire, mais les lignes sous les yeux tissent un réseau lâche où son attention ne se laisse pas capturer. Le livre finit par glisser dans le creux du fauteuil. En elle mille scénarios s'essaient. Tu n'éclaires pas ? Elle n'a pas entendu la porte, peut-être s'est-elle, malgré l'impatience et l'anxiété, assoupie... *Il* est debout, un mince paquet dans le creux du bras. Elle se lève, quelque chose la retient d'avancer – et si ce n'était qu'un paquet ? Si les choses n'avaient pu se faire ?... Tu ne veux pas le voir ? La phrase précipite le réel contre son cœur. L'enfant. La précaution qu'on a pour les mésanges qui viennent boire l'eau qu'on leur a servie dans la coupe, sur le rebord de la fenêtre. L'enfant est là. Les yeux clos. Sommeil rapide, souffle rauque et doux de narine bouchée, menton plissé de vieillard en qui se fondent les extrémités de la vie. Tout ce qu'elle connaît, son âge ; deux jours. Il y a des immeubles devant lesquels on presse le pas. À l'angle d'une rue que coupent les rails, un rideau de fer reste descendu sous l'enseigne du garage. Certains soirs des personnes sont conduites ici. De toutes jeunes femmes aussi. D'autres s'en vont une cagoule sur la tête, poussées à la hâte dans des voitures aux vitres fumées. Les gens du quartier eux non plus ne peuvent pas ne pas savoir. Deux jours. Autour de ce chiffre, en lieu et place de tout ce qui ne sera pas dit, un silence abyssal. Je peux le prendre ? *Leur* enfant. Elle se souvient avoir porté des nouveau-nés. Le poids, presque nul, la surprend. Mon enfant. Elle relève et tourne les yeux vers *lui*, qui défait son manteau. Quelque chose, ce soir, les relie. Quelqu'un. Sebastián, elle murmure, tu t'appelles Sebastián... Visage penché vers ses bras, elle respire l'odeur bouleversante de l'enfant qu'elle ne voit plus.

Un tortillon de chair racornie tombe de la bande qu'elle finit de détacher. Avec la lenteur des êtres sous-marins, l'enfant minuscule remue les bras et les jambes, étonné d'être nu. Légèrement bombée, une spirale délicate orne la transparence du ventre. Elle luit, orangée dans la lumière que dispense la mèche au travers du globe encrassé. Subjuguée, la mère pose le bout des doigts au-dessus de l'ombilic. Par la pulpe, quelques instants elle sent battre le cœur de l'enfant. Vite. La toilette. Avec cette humidité... La manche bleu marine essuie ce qui perle aux yeux tandis que l'autre main maintient sur le petit corps le jeu de laine et de coton. Romi ajuste la brassière dont elle vient de croiser les brins, puis les noue. En elle, toujours, à l'affût, quelqu'un guette, la sirène.

*

Le crin du balai crisse amplifié par les murs de la cour quand un cri l'interrompt. Sebastián ! Romi lâche le manche et se jette sur l'enfant : debout, les yeux fermés, panique injectée, il hurle… Qu'est-ce qu'il y a, pourquoi tu… L'enfant, hermétique au contact, demeure emmuré dans le cri qui sort de lui. Inerte entre les mains qui palpent le corps tendu et cherchent l'origine du mal. Quand elle voit, gonflant en temps réel, à l'intérieur de la commissure externe de l'œil gauche, hérissée des plis de la crispation, la piqûre. Une guêpe ! Elle cherche à calmer l'enfant, mais sa propre angoisse nourrit la sienne. Et si le dard… L'enfant crie, le cri se dresse, un pan de réalité solide entre elle et lui, qu'elle ne brise pas. Ses mains pourtant caressent le visage mais l'enfant se défend, ne touche pas oh non ne touche pas, il faut, pourtant, qu'elle regarde et vérifie si le dard, car l'œil est près, tout près du renflement violacé qui gagne la paupière, et tout le tour de l'œil, et si l'œil était atteint… Encastrée avec lui dans le cri, Romi porte l'enfant raide et lourd, elle le pose dans la cuisine, sur ses pieds, comme un objet compact. Il faudrait que le cri cesse, comment s'y prendre pour que cesse le cri ? Sebastián, insensible aux caresses qu'elle promène sur ses cheveux, ses épaules, les yeux fermés, crie. Non mais ça ne va pas, de gueuler comme ça ? La porte d'entrée claque. On t'entend depuis le bout de la rue ! *Il* attrape Sebastián, secoue. Ça suffit les cris, tu m'entends ? Montre-moi… Ce n'est qu'une piqûre de guêpe. Non, tu ne vas pas mourir, imbécile. Le cri cesse, dans l'air tremble quelques instants la forme aiguë de son absence. Dans la cuisine, Sebastián ouvre les yeux, interloqué. Tandis que le père accroupi dans son manteau de cuir qu'*il* n'a pas enlevé, pose les mains sur les épaules du fils, Romi a reculé au fond de la cuisine. *Il* trempe un coin de torchon et tamponne le front en sueur. Une compresse… Elle n'y a pas même pensé… Imbécile, *il* répète. Montre ton œil ? Tu me vois ? C'est pas joli, dis-donc, elle ne t'a pas manqué la bête. Où est-elle la vilaine ? Là-bas, dans la menthe ! Oh il a retrouvé sa langue, j'ai cru qu'elle s'était rétractée au fond du gosier ! Viens, on va chasser la guêpe, si on la trouve elle va passer un mauvais quart d'heure, c'est moi qui te le dis. Où est ton épée ? L'enfant de vingt mois court, enorgueilli par la perspective d'une bataille. Romi reste un moment, appuyée contre le buffet, comme une chose.

*

Il arrive qu'elle laisse Sebastián à Marta. Ces jours où elle parcourt le quartier en quête d'un jeu de boutons neufs, elle regarde les hommes et les femmes de son âge, la façon dont ils bougent ou s'habillent et paraissent en harmonie avec cette chose compliquée, avoir un corps, qu'eux sont libres de vêtir de couleurs ou de formes nouvelles qu'on voit dans les magazines et derrière les vitrines, sans que cela paraisse les embarrasser le moins du monde de rire en public, de s'adresser les uns aux autres avec un air naturel ou de se retourner avec une grâce vive quand un ami les interpelle. Est-elle seulement malhabile ? Elle appartient à une autre époque ; son âge n'est qu'une apparence cachant mal la coupure qu'elle sent entre elle et le monde. Qu'est-ce qui expliquerait, sinon, qu'elle ne puisse porter un sous-pull fauve avec une de ces jupes midi qu'elle admire au-dessus de la légèreté des jambes qui traversent à l'instant où le feu passe au vert, ou cheveux défaits, un chemisier fluide à larges fleurs violettes sur un jean patte d'éléphant, au lieu du sempiternel chignon et son ensemble marine ? Car *il* ne l'interdit pas...

Ce jour-là, la tante effile la viande en lanières. Un chapelet de piments doux. Sur le buffet, deux magazines. Tante Victoria revient de Buenos Aires où elle effectue chaque année des séjours de plusieurs semaines. Sur le numéro du 4 mai de *Siete Días*, cheveux coupés au carré le jeune mannequin porte un pull-over à rayures. À la une de l'hebdomadaire *Gente*, un débardeur jaune fluo laisse apparaître la chair lisse d'un ventre. La tante intercepte son regard. Elle est belle, pas vrai. Tu ne l'as jamais vue ? Elle a tourné dans un spot publicitaire pour les cigarettes Jockey. Ah c'est vrai, vous n'avez pas la télévision. Évidemment, avec ton père… Une fois veuve et les enfants partis, tante Victoria vécut quelques années à Buenos Aires, avant de se rapprocher de sa sœur. Quand elle a le cœur lourd, Romi se réfugie dans la petite maison. Dans le sillage de sa tante, elle respire le parfum puissant de la terre détrempée où plus qu'ailleurs elle s'est sentie vivante.

*

Autrefois ses cousins habitaient une petite cabane rectangulaire de bois et de tôle, sans eau ni électricité dans la province de Misiones, à des centaines de kilomètres de là, contre une forêt tiède, au pays des Indiens Guarani. Une fois par an, les enfants faisaient le trajet avec leur mère. Ernst n'était pas du voyage. Des kilomètres de pistes poussiéreuses pour aller rouiller dans la pourriture des pluies quotidiennes, non merci ! Pablo, l'employé agricole, les accompagnait puis revenait les chercher. Au bout de plusieurs jours de route commençait une tout autre vie, tellement différente. Comme ils attendaient ça, la délivrance du père. Ces quelques semaines de torpeur dans l'été austral hors de la surveillance du père formaient des poches hermétiques au reste de l'année. Quand, après une longue file d'attente, on empruntait le bac pour traverser les eaux épaisses et brunes du Paraná, on tanguait lentement sur la mollesse large du fleuve, on se sentait passer d'un monde à l'autre. On quittait les plaines cultivées pour un pays d'eau et de forêts. On remontait le cours du temps. Une cabine de planches en bord de rivière tenait lieu de toilettes. La tante Victoria cuisinait au feu de bois. On tirait l'eau du puits. Le soir réunissait la famille autour de la lampe à pétrole. L'oncle racontait des histoires. Avant de s'endormir Romi sentait battre le pouls charnu de la forêt, contre la maison. Fertiles, les jours recelaient des aventures dont la mémoire féconderait les soirs d'angoisse, de retour dans la maison bâtie par le père. Certaines années on partait en excursion jusqu'aux cataractes au sud de la ville. Plus simplement, les aventures commençaient le matin avec l'ouverture de la porte. Jusqu'à la pluie de fin d'après-midi, la torpeur poisseuse des journées enfantait toutes sortes de jeux. Juan et Guillermo étaient bien plus délurés qu'eux. Après avoir échangé des coups de ballon dans le terrain vague qui tenait lieu de jardin, les cousins se baignaient dans les eaux claires de l'Iguazu. Parfois, on poussait plus loin jusqu'au Paraná. Tous nageaient dans le giron immobile d'un méandre. Romi seule, effrayée de voir disparaître ses pieds dans l'eau rouge, gardait sa robe et ne se risquait pas au-delà des mollets. À quelques pas du bord, tremblaient en elle les récits de l'oncle, au sujet des silures et autres monstres habitant les rivières. De courtes minutes lui laissaient à peine le temps de se rafraîchir qu'elle regagnait la berge : il lui semblait éprouver le suçon de dizaines d'êtres microscopiques venus dévorer ses peaux mortes. L'après-midi on descendait au village. Quatre ou cinq maisons dispersées autour d'un bureau de poste, une infirmerie, un local de police et une boutique, où se mêlait à l'odeur de colle à rustine celle du sucre rance, émanée des caramels recroquevillés au fond d'une boîte en vitrine. Fanta orange, indiquait Guillermo en tendant le bras. Le marchand rinçait la bouteille au tuyau avant d'y ficher un entonnoir de fer blanc ; il attrapait l'un des bidons alignés sur la planche à l'arrière du comptoir, et l'on entendait le bruit mousseux de la boisson monter dans les aigus jusqu'au goulot. Quand la chaleur était à son comble venait la pluie, vivante, invariable, reçue par la terre fumante. Depuis la maison, toutes fenêtres ouvertes, on écoutait le grand frisson de la forêt.

Une nuit, à l'âge de dix ans peut-être, Romi fut réveillée. Un communiste, vociférait le père, tu vas réveiller les gosses, reprenait la mère, et alors, il faut qu'ils le sachent que leur oncle n'est qu'un salaud de communiste, les vacances n'ont rien à voir avec la politique et ma sœur n'y est pour rien, il est hors de question que tu retournes là-bas, te dis-je ! Jamais je n'aurais dû épouser une Argentine, race de dégénérés, vicieux jusqu'à la moelle ! Je suis sûr qu'il a du sang indien ! Romi ne revit sa tante Victoria qu'après la mort de Carlitos, décédé d'une crise cardiaque sur un parking, au moment où il s'apprêtait à regagner son estafette.

*

Le dimanche, allemand obligatoire à la maison. Ce sont vos racines, il faut cultiver vos racines ; vous n'êtes pas des sauvages, Richard Strauss, la porte de Brandebourg à Berlin, nous sommes originaires de la même région que Friedrich von Schiller… Autour de la table la fratrie mâchonne la grammaire. En chœur les enfants enchaînent les flexions de la langue paternelle ; cette langue progresse à rebours ; phrase après phrase, elle laisse croire par un tour de passe-passe ironique que l'avenir remonte à sa source ; ils ânonnent des platitudes bancales, l'attention rivée sur l'horizon du verbe et sur la baguette du père toujours prête à donner du pizzicato au doux des doigts.

*

Assis dans le bain, l'enfant est hypnotisé par la courte pluie ; quand l'arrosoir est vide il l'enfonce entre ses cuisses, pour sentir contre sa chair l'éruption d'air sous l'eau, dont la pression résonne dans la fonte émaillée de la baignoire qu'elle fait trembler ; les deux mains appuyées sur le jouet, Sebastián rit, il lève les yeux sur sa mère et déclare, il pète ! Ravi, il brandit l'arrosoir plein puis de nouveau, lentement cette fois, il positionne sa main gauche, paume vers le ciel, offerte, sous la pomme, et verse. Il observe la façon dont l'harmonie de la pluie, tronquée par l'obstacle, se resserre en une pellicule vivante qui glisse, peau contre peau, puis descend, torsion nette, sous sa main, jusqu'au bain. Romi va et vient, de la salle d'eau à la buanderie. Elle trie, elle plie. *Il* n'est pas rentré, la nuit dernière. Encore une fois. Comme d'habitude *il* arguera de sa fonction : l'ignore-t-elle, bon sang, que les urgences, indifférentes aux horaires, arrivent de jour comme de nuit ? La route à Buenos Aires, meurtrière, est friande d'atrocités nocturnes. Bien sûr qu'elle le sait, impossible d'oublier les récits de Lilio, urgentiste, lors d'un dîner mondain auquel elle assiste en tant qu'épouse de médecin. Dans la nuit, l'ivresse activant l'imagination, adeptes du crissement de pneus les conducteurs s'agrippent au volant de bolides précaires, ils changent de couloir de manière inopinée et accumulent les manœuvres dangereuses, dont l'issue presque systématique est la formation d'un attroupement autour d'un charnier de carrosserie fumante. Tout cela, elle le sait. Mais. Maîtresse du linge, Romi devine les détours secrets qui s'opèrent dans les plis commodes d'un emploi du temps fluctuant. Elle repère les parfums qui teintent les chemises (col, torse) d'une auréole criarde dont, recluse dans la buanderie, elle reçoit l'insulte, de plus en plus souvent. Depuis quelques mois, plusieurs fois par semaine le linge sale lui inflige l'odeur mielleuse. Elle n'est pas jalouse. Mais une angoisse en elle monte. Elle mesure, à l'aune de ce sentiment d'être en alerte, en danger, combien elle est vulnérable et dépend de *lui*, par la volonté du père auquel elle n'a pas eu, non seulement le courage, pas même l'idée, de s'opposer. C'est cela, que lui renvoie le mélange écœurant de parfum et de sueur qui émane des chemises. Qu'elle n'a rien choisi pour elle-même. Jamais.

L'enfant réclame de sortir du bain, elle le hisse par les aisselles et l'enveloppe. Chatouille-moi, commande-t-il. Elle obéit, soulagée de se soustraire aux égouts qui clapotent en elle, elle malaxe le petit corps qui se tortille de bonheur dans la serviette, il renverse la tête en arrière, et, dispersant les larges copeaux d'un rire franc, offre sa gorge aux baisers.

*

Il arrive de plus en plus souvent, tandis que l'enfant joue sur le tapis et que la voisine dévide son éternelle conversation, qu'elle imagine *la famille*. Ces pensées s'imposent sans crier gare, elle tente de les apprivoiser, de les infléchir. Une famille pauvre, des gens sauvages, sans éducation. Elle a sauvé l'enfant, pense-t-elle. Un jour dans la file chez l'épicier, le profil d'une femme triste lui est vaguement familier. Et si cette femme... Romi quitte la boutique, elle marche vite, l'épouse du Docteur, sans un regard pour Katharine Hepburn répétée d'affiche en affiche, de peur de croiser son propre visage sur les murs de la ville, comme les faussaires dont l'image placardée, *Wanted*, nouvelle coupe de cheveux, lunettes noires, se fraient un illusoire profil incognito. Voleuse, voleuse d'enfant... Parfois dans les rues résidentielles de Belgrano ou de Núñez, ou lorsqu'elle emmène Sebastián au zoo de Palermo, elle imagine la façon dont les familles des opposants vivent. Certains logent dans les quartiers défavorisés comme Bajo Flores, ou pire encore, Mataderos, où elle n'a jamais mis les pieds, ni dans aucun quartier du sud ; mais pas tous. Ceux qui sont actifs, que le régime combat, elle a entendu des conversations, ce sont des étudiants, pas des pauvres... Certains d'entre eux, le soir, paraît-il, se rendent dans les bidonvilles de Retiro ou de Pompeya, pour apprendre à lire aux déshérités qui habitent là, bien que ce soit interdit. Et si elle-même... Les yeux dérivent vers l'enfant qui joue avec le chien... Prendre une initiative hors la loi... Défier *son mari*, la police, l'État, le Général... Prendre un bus pour un quartier hors du centre... Affronter le regard et la demande de ceux qui n'ont rien... Non... Jamais elle... Elle a peur, bien trop peur... des pauvres... La pensée de ceux qui aident revient. En elle une colère ronge et tourne en cage. Ça ne se fait pas, d'instruire ceux qui n'ont rien. Ils prendraient de l'assurance. Que feraient-ils, s'ils apprenaient à se regrouper, pour mener une action concertée ? Elle se souvient du Cordobazo. Ce dont ils sont capables... Certaines nuits elle imagine. Ils viendraient dans sa maison, ils ouvriraient chaque porte l'une après l'autre, dans la chambre de Sebastián ils se pencheraient au-dessus du petit lit de bois blanc pour saisir son enfant de leurs mains sales. Puis ils videraient la maison. Ils prendraient tout. Après tout avoir détruit ils s'en iraient avec l'enfant, et les laisseraient à moitié morts, elle et *lui*, au milieu des décombres.

*

Noche anunciada, noche de amor,
Dios ha nacido, pétalo y flor,
Todo es silencio y serenidad,
Paz a los hombres, es Navidad.

Encore, maman ! Le corps humide sous une canicule renforcée par l'excitation, Sebastián folâtre entre les guirlandes qu'elle assemble, depuis le matin, en chantant, se laissant aller, *es Navidad*, à sortir la voix chaque couplet davantage, puisqu'*il* ne rentre que tard. *Ángeles canten sobre el portal, Dios ha nacido, es Navidad.* Comme elle le faisait avec sa mère et ses sœurs, elle a réservé dans une ancienne boîte à biscuits des emballages brillants ou colorés, papiers de bonbons, film aluminium qui protège les tablettes de chocolat, pour confectionner, jour après jour dans le temps de l'Avent, les décorations. Ses mains ont retrouvé les gestes pour assembler, torsader, des bandelettes. Sur le guéridon du salon s'accumulent, depuis trois semaines, motifs et figurines pieuses, étoiles de toutes tailles, anges-libellules, sapins, qu'au fur et à mesure elle coud sur les rubans qu'elle a recoupés pour qu'ils s'ajustent aux encadrements des grandes fenêtres du salon et de la galerie où darde le soleil d'été austral. La crèche, surtout, constitue un pôle d'attraction inlassable pour l'enfant. Le matin où elle sort les figures de cire mélancoliques, l'âne dont une oreille, comme fanée, retombe sur son regard en amande, la Vierge aux teintes éthérées des images saint-sulpiciennes, Joseph, mains jointes sur son bâton, les pupilles dilatées dans la contemplation, le bœuf allongé, familier, Sebastián ne peut s'empêcher de les toucher, les déplacer aux alentours du petit nid d'herbes qu'ils ont ramassées au parc de Palermo, afin d'imiter le foin des étables, comme s'il cherchait la meilleure disposition pour accueillir l'Enfant Jésus qu'il demande à voir une nouvelle fois, avec des mots à demi-mangés de tout-petit, après qu'il a vu sa mère glisser en haut du buffet la boîte où il demeure serré dans son papier de soie. Elle-même se souvient de l'impatience et des questions de son enfance : quand le mettrait-on dans la crèche ? Pourquoi fallait-il attendre ? Et pourquoi n'était-il pas né ? Tandis qu'Atos tourne et renifle, bave, piaule, peu à peu gagné par la fièvre de l'enfant, grisé par ses allées et venues autour du sapin qui laissent dans l'air des traînées électriques que la fourrure de l'animal semble accrocher si bien que brusque, il s'assoit pour lustrer à grands coups d'une langue nerveuse son poil blanc, presque rose, en gémissant, avant de se secouer avec une frénésie impuissante et de reprendre ses voyages derrière Sebastián, qui l'amène encore devant la crèche, où il voudrait fourrer son nez, couché Atos, va-t'en le chien, avant, penaud, l'œil gorgé de frustration, d'aller se laisser tomber pour quelques minutes et jusqu'au prochain tour, avec un grand soupir, sur le tapis à l'entrée de la galerie. Oubliant un instant l'Enfant Jésus en haut de l'armoire, Sebastián zézaie avec elle, de son contrepoint de faux-bourdon, sous l'œil du chien :

El Niño Dios muy bien lo agradeció
Comió la miel y el poncho lo abrigó
Y fue después que sonrió
Y a medianoche el sol relumbró.

Quand ils partent pour la messe de minuit, vexé d'un abandon sous la lune le chien hurle à la mort. Depuis qu'*il* a ramené le chien à la maison, à peine franchissent-ils le portillon que l'animal gémit d'impatience tandis que ses griffes lacèrent la porte d'entrée. Pourtant, au retour de la liturgie de Noël, à deux heures, la maison est plongée dans un silence inhabituel. *Il* porte Sebastián dans sa chambre – le petit a rendu les armes au premier quart d'heure de célébration – alors qu'elle traverse les pièces à la recherche du chien. Elle passe la porte du salon faiblement éclairé par la guirlande, et le ravage s'offre à sa vue. Des morceaux de cire et de papier, mâchonnés, désagrégés, jonchent la pièce. De la crèche, il ne reste rien, la paille elle-même est dispersée en brins piqués dans les franges d'un fauteuil, sur le tapis, soufflés sous les meubles. Le buste penché, elle distingue sous le canapé les pupilles de la bête rencognée dans l'ombre. Elle se redresse, aveuglée par les larmes elle cherche à reconnaître dans le magma granuleux de bave et de cire des parties épargnées, comme les survivants ramassent après une bataille les restes de leurs compagnons d'armes éparpillés par les obus. Le petit Jésus, seul, a survécu au désastre, tel un Pharaon déjà mort, à l'abri dans son sarcophage, au sommet du placard.

*

* *

par milliers souches de plomb dans la plaine sous un ciel brûlant des corps par milliers corps ouverts du plexus à l'aine à qui sont ces corps à qui sont ces corps

du plexus à l'aine les tripes pendent ou moignons d'enfants leurs dents sourient dans le ciel

et grésille la gelée noirâtre du boudin sous un ciel brûlé

partir, il faut partir, avec l'enfant, avant qu'ils, qu'est-ce que tu attends ?

autour partout ils te cernent toi tu marches il faut partir et

tu tires l'enfant par la main les pieds s'enfoncent jusqu'aux chevilles dans la boue noire d'entre deux mondes où s'enfoncent les pieds jusqu'aux chevilles toi, tu dois partir avec l'enfant partir avant qu'ils

hardi le fer taillade il taillade il cherche à finir l'acte il taillade une plaie encore une plaie puis le canon l'oreille gauche exécuté paquet fleuri fracasser contre un

le couteau de table finir l'acte les balles sortirent paquet de peau la sueur aucune

toi tu dois partir avec l'enfant qu'est-ce que tu attends

le long du torse une lame dedans la viande hommage déchiqueté le sol cette boue il tira de toutes ses forces qui rentraient dans le ventre un long silence la cuvette de sang noir un brouet

remmène ces chiffons

*

À demi submergée elle dérive, accrochée aux bruits qui lui tiennent lieu de radeau, (quelque part, le tintement d'une sonnette, des pas, chuchotements, le train sourd d'un engin qu'on traîne sur des roulettes), pour ne pas sombrer. Aimantée par l'abîme, renonçant, puis s'arrachant à lui par un sursaut de volonté qui ressemble au coup de rein du poisson qu'on vient de lâcher sur le pont, plusieurs fois elle passe sous, puis au-dessus d'une ligne, jusqu'à ce que ça se stabilise et que se dilue la pâte brune qui remplit son crâne, empêchant, malgré ses efforts de rêveur qui cherche à se soustraire au cauchemar, qu'elle ouvre les yeux. Un soleil oblique glisse par les persiennes. Elle se découvre, pieds et mains sanglés, allongée sous le plafond blanc d'une chambre impersonnelle, peinant à trouver les alignements qui donnent forme à une existence. Vous voilà revenue. Elle voudrait répondre mais en elle le langage est incomplet, désassemblé, pareil aux débris recrachés par la mer, enfoncés dans la fatigue sablonneuse.

Dans l'après-midi, on a détaché ses poignets et ses chevilles. *Il* se tient devant elle, debout, *il* n'enlève pas son chapeau. Cet étranger, vaguement familier ; plus vieux qu'elle, la façon qu'*il* a de la tenir dans un regard fixe l'incommode. Tout le temps où *il* se tient au pied du lit, bien qu'elle reste immobile s'agite en elle l'effroi d'une mouche prisonnière du verre qu'on vient de retourner d'un geste sec sur la table. La visite toutefois est brève. De nouveau le vide doux de la chambre, interrompu à intervalles réguliers par les gestes incolores des infirmières. Au bout de quelques jours elle doit partir. Elle attend, habillée, son petit sac sur les genoux, assise sur le lit, qu'*il* vienne la chercher.

Il a plu, la route est mouillée. La voiture traverse la ville jusqu'à la maison. Quand *il* ouvre la porte et s'efface pour qu'elle entre après avoir enlevé son chapeau, la cadence s'active dans sa poitrine mais c'est avec lenteur, ralentie par l'espace compact, qu'elle traverse la maison en direction de la chambre de Sebastián. Elle se repose sur le chambranle, ses yeux virent sans trouver l'appui des objets familiers pour se stabiliser. En vain ils cherchent, le lit, la table, les motifs incas du tapis de laine, le coffre... La chambre est vide. Sebastián, elle murmure, asséchée, où est Sebastián, tandis que ses jambes se dérobent et qu'*il* déclare, inutile d'adorer des reliques. J'ai tout vidé. Tournoient les murs, entre les murs sans rideaux la fenêtre, dans la fenêtre, la ville, au-dessous le ciel.

Dans les jours qui suivent elle n'ose pas demander. Ce qui s'est passé. Confier qu'elle ne se souvient pas. Qu'*il* n'ait pas donné d'explications à son retour de l'hôpital montre qu'*il* ne se doute pas de l'oubli qui la borde. Qu'arriverait-il, s'*il* s'en rendait compte ? Une mère dont l'enfant est absent connaît les raisons de cette absence. Une mère dont les meubles de la chambre de son enfant ont été enlevés connaît les raisons de leur disparition. Et le chien ? Le chien non plus n'est plus là. Elle s'enfonce dans une honte dont la teinte saumâtre infiltre sa douleur. Dès qu'*il* sort rejoindre ses malades, elle retourne dans la chambre où l'enfant n'est plus ; debout elle inaugure un tour sur elle-même, plusieurs, plus vite, est-ce une transe, une berceuse, une conjuration, une méthode pour glaner quelque indice susceptible de donner un sens à la chambre vide, ses yeux suivent les lattes du plancher, longent la rupture que fait le sol avec les murs ; elle tourne et les yeux, guidés par la ligne sombre où s'articulent le sol et les murs, font le tour de la pièce, un angle, le pas de porte, un autre angle, encore un, et puis un autre, encore un angle, et le pas de porte, jusqu'à l'angle suivant... Elle vire... Retracer le fil des événements depuis... Car il lui semble, quand son esprit vire, qu'un indice s'agite, quelque part, en périphérie, mal éclairé par sa conscience, et qu'il s'agit de lever le bras au passage pour le saisir, au bon moment, tel un pompon des manèges que seuls quelques chanceux, surfant sur la courbe, le regard fixe, indifférents à la force centrifuge, sauront cueillir... Quand le tournis est important, pour le garder en elle et s'y abandonner comme on s'offre à la pente, elle ferme les yeux et se laisse glisser au sol... Retrouver l'instant charnière où sa pensée s'arrête et saute jusqu'à la chambre d'hôpital où elle s'éveille...

*

L'enfant court devant. Tous deux, ils fuient, à moins que lui s'enfuie et qu'elle tente de le rattraper car la menace existe, difficile d'en sentir l'origine, le point d'émergence, la menace est partout, elle se dilate, par les narines elle pénètre le corps, elle entre dans les poumons, aux intersections se multiplie, arborescente elle franchit les lisières, elle déploie son invasion phosphorescente dans les régions opposées ; tandis qu'on court la menace a pris possession de l'intérieur, ils courent, elle rattrape l'enfant dont la course ne s'arrête pas si bien qu'ensemble, d'un même élan, lui et elle, sa main accroche le bras de l'enfant, frais et fragile dans le crochet des doigts, tous deux ils courent, peut-être leurs pas, pareils à la foulée des grands lévriers, ne font-ils qu'effleurer le sol et c'est ainsi plus commode, ils courent ensemble, longtemps, tant et tant qu'ils entrent dans un paysage. Maintenant la course se déploie avec une sorte de grâce parce qu'ils arrivent bientôt où ils doivent, c'est une vallée, un lac, ils ralentissent, ses mains guident l'enfant devant elle, car nous resterons ensemble, le bout des doigts effleure les omoplates, l'enfant obéit à la direction, elle ne voit pas son visage, l'eau désormais atteint le niveau des chevilles, sous les pieds la boue est douce et souple, le baiser d'une lèvre monte autour des jambes avec une odeur de vase, devant elle une main guide l'épaule l'autre tient la nuque étroite, car nous resterons ensemble, l'eau arrive maintenant jusqu'à la ceinture et l'enfant respire mal alors elle chante et murmure, mon amour, l'eau douce est une étreinte et ma main appuie, doucement, la tête, sensation de cheveux dans la paume, enfonce, l'autre main sur l'épaule, la force de l'enfant qui tente de se redresser, le regard de l'enfant mais il ne faut pas, car nous resterons ensemble...

*

Quand *il* est au cabinet, souvent Romi sort et marche. C'est nouveau. Elle ne sortait pas, avant. Elle claque la porte du pavillon, elle longe l'avenue de troènes. Ses pas décident pour elle. D'abord ses pieds se tordent sur les pavés du quartier résidentiel où ils habitent, puis ils trouvent une stabilité sur l'asphalte. Elle marche comme ça, trente minutes, puis une heure, plusieurs heures. Toujours elle prend des repères, elle rentre par le même chemin. Elle apprend les noms. Les distances s'allongent. Elle marche, elle éreinte quelque chose, une inertie qui en elle fait barrage. Plusieurs fois elle manque se faire renverser par une voiture qui change de file ou parce qu'elle ne regarde pas où elle traverse. Elle évite un groupe de touristes qui mitraillent les échoppes de leurs appareils Fuji jetables dernier cri. Elle longe des voies ferrées, elle voit des gens massés aux arrêts de bus, elle observe l'échange qui se fait entre ceux qui montent et ceux qui descendent. Elle aussi marche, elle aussi, appartient au grand mouvement de la ville. Partout les gros titres déclinent le prestigieux match amical qui s'est tenu au Parc des Princes, le triomphe du Boca Juniors, l'admiration du public français pour Diego Maradona, fierté nationale et idole internationale. Quand elle n'en peut plus, elle retourne. Un soir, elle est rentrée tard. Au moment où elle va fermer la porte de la salle de bain, celle de la galerie s'ouvre, elle entend la voix, la toux d'irritation de Fernandez qui prend congé. Et rappelle-toi bien Leandro, certaines choses déplaisent. Un conseil en toute amitié : tu dois te reprendre. Puis l'adieu dans la nuit, la clé dans la serrure. Depuis la salle de bain elle guette la maison silencieuse. On dit que les hommes masqués, a-t-elle entendu, mais par qui, se reconnaissent à leur toux. Romi vient d'enfiler sa robe de nuit quand *son* pas se fait entendre puis *il* apparaît dans l'embrasure de la chambre, maigre, les bras ballants. Une veine tortueuse s'extravertit de chaque côté de la gorge sous la pilosité raide d'être rasée tous les jours et bat, tandis qu'il avance sur elle, dans son aura d'alcool et de tabac ; sur les yeux rougis et fuyants une paupière tressaute. Où étais-tu, bave-t-*il*. J'ai marché. Marché ? On ne marche pas comme ça, tous les jours, sans but. Dis-moi où tu vas.

Elle reste devant *lui*, inexpressive alors *sa* main se referme sur son bras et secoue. Réponds, *il* secoue, salope. Son silence est une offense pour lequel elle paiera, elle l'accepte, elle accepte la main qui secoue puis jette sur le lit conjugal un corps passif qui rebondit, chose un peu encombrante ; dans la chute la nuit fixe la scène sur les vitres de la chambre ; inversé dans le reflet, un homme qu'elle a épousé maintient les bras d'une femme au-dessus de sa tête ; une jambe, genou contre le cadre du lit, ajuste son appui au sol ; l'autre immobilise le bassin de celle qui se laisse faire ; la main disponible entame un jeu de claques qui s'amplifie, nourri de sa propre audace ; *il* souffle, *il* halète ; mais pourquoi se laisse-t-elle faire bon dieu, les ressorts couinent, les parties du corps rendent des sons différents c'est presque musical, tandis que le poing écrase le nez, l'arcade, la poitrine, tandis que les mains tordent les bras, remontent la chemise, claquent et frappent, cognent, tabassent, s'escriment dans la chair d'une femme absentée, bleue dans la transparence réfractée des fenêtres, car elle n'est plus tout à fait dans son corps et c'est tellement plus simple.

Plus tard, *il* pleure. Immobile elle écoute les sanglots, longuement bercée par le lit qui tressaute.

*

Elle marche vite, comme on va quelque part. Elle monte dans un autobus, puis un autre, elle descend à la périphérie de la ville. Elle trébuche sur des chemins raclés jusqu'à l'os, où croissent des ordures. Sur un long mur de briques on distingue une affiche de cinéma délavée, aux trois quarts arrachée. Elle reconnaît celle d'*El Santo de la espada*. Elle se souvient qu'ils ont arrêté Mercedes Sosa lors d'un concert à Mar del Plata, il y a deux ans. De l'autre côté des planches qui longent un terrain vague, des corbeaux fouillent les tas d'un bec solide, indifférents aux enfants accroupis. Elle croise des chiens qui trottent sans un regard pour elle. Elle guette dans la bande une silhouette claire et massive, mais non, Atos n'est pas parmi ces chiens errants. Là-haut, derrière les toits de fortune, le bruit de l'autoroute déverse son ressac inlassable. Elle dévisage les enfants avec une insistance telle que l'un saisit une pierre et la lui lance, bientôt imité par les autres. Elle accélère le pas, longe encore l'enfilade irrégulière des baraques et finit par bifurquer ; elle s'éloigne du bidonville.

Un jeudi ses pas la conduisent au cœur de la ville coloniale. Elle n'est plus très loin de la place de la pyramide. Dans la foule, elle remarque une femme qui porte, en guise de châle, un lange sur la tête. Romi lui emboîte le pas. Peu à peu d'autres femmes, la tête voilée d'un tissu blanc, se pressent dans la même direction. Quand Romi débouche Place de Mai, elles sont un certain nombre déjà, autour de la colonne. Elles tournent, par deux, rythme de la promenade, sens inverse des aiguilles d'une montre. Depuis la marche au sanctuaire de Luján, ces femmes portent un lange sur la tête. Dans la galerie elle a entendu les *amis* de *son mari* parler de ces mères qui réclament qu'on leur rende leurs enfants. Elles tournent, dans le sens inverse des aiguilles d'une montre. Romi aussi, voudrait remonter le temps, avant le moment où chevilles et poignets attachés elle se réveille dans la chambre blanche. Elle écoute les mots des militaires qui invectivent. Elle n'ose pas se joindre aux marcheuses. De loin, elle voit des lettres sur les foulards improvisés. Chaque fois qu'elle en aperçoit une qui rejoint le groupe, elle déchiffre ; toujours un nom est brodé, ainsi qu'une date. Les disparus. Les prénoms féminins, associés au printemps 1979, lui font peur. Depuis l'an dernier il arrive que ces femmes marchent vingt-quatre heures sur la place. Quel courage. Comment osent-elles ? Elle frissonne à évoquer Fernandez et ses hommes lorsqu'ils s'infiltrent dans le soir, leurs armes sous leurs blousons de cuir.

Dans la nuit de la chambre les femmes tournent, elles tournent. À côté d'elle, le lit est froid. Tournent les femmes, elles vrillent, un tourbillon, un typhon. Les yeux grands ouverts dans l'obscurité, quelque chose lâche ; tournent les femmes et quelque chose lâche ; un endroit précis qu'elle n'avait pas identifié en elle, jusqu'ici. Elle sent l'instant où l'endroit s'ouvre ; c'est très net, un tuyau de canalisation qu'on perce ; l'eau remonte, le sol est spongieux, plus rien ne pousse, cela pourrit, le sol est meuble, plus rien ne tient, les fondations se fissurent, les murs s'affaissent, cela noie tout.

Tous les jeudis elle vient à proximité de celles qui tournent. La police armée surveille les femmes qui déjouent l'interdiction d'occupation de la voie publique par cette ronde. Elle non plus n'occupe pas la voie publique. Elle n'est plus une spectatrice. Elle fait des tours de pâtés de maisons. Ses pas tracent une boucle souple qui contient la place où tournent les mères dont les enfants ont disparu.

pourquoi elle ne sait plus mais grimper il faut grimper

d'abord d'étage en étage cage d'escalier des sas une colonne centrale puis peu à peu tout se débine l'immeuble se défait de l'intérieur tout s'effondre se transforme en un terreau sec et noir et fuit vers le bas donc il faut grimper

maintenant l'escalier borde la paroi intérieure de la tour elle grimpe avec l'enfant

au centre une pluie de cendres un monde déchu tant bien que mal l'enfant et elle courbent l'échine ils évitent les copeaux puis

l'escalier même se dérobe les marches pareilles aux dents des prophéties se fendillent et se déchaussent et pourtant il faut grimper

porter l'enfant devient difficile maintenant qu'elle doit s'aider des mains quand la prise des pieds n'est pas suffisante c'est presque de l'escalade et ce n'est pas simple en portant un enfant pourtant il faut bien grimper comment faire poser l'enfant impossible porter l'enfant est obligatoire

elle grimpe et l'enfant

comme l'enfant l'encombre comment continuer à grimper en portant un enfant

l'enfant elle le porte d'un seul bras sur sa hanche il pèse tandis qu'elle cherche dans la paroi l'assurance d'une saillie tandis que lui frôle le dos la chute faramineuse d'un immeuble réduit en poudre et plus que l'immeuble la grande décrépitude du monde en faillite passe par cette tour direction l'abîme elle ne doit pas regarder vers le bas sous peine d'avoir la tentation de se laisser tomber dans le tourbillon crépusculaire des choses en lambeaux elle ne doit pas regarder vers le bas tenir l'enfant d'un bras de l'autre assurer la progression des pieds sur la paroi qui seule demeure ferme mais verticale il faudrait changer de logique pour avancer perpendiculaire au mur mais le vertige elle ne doit pas même si la tentation demeure forte regarder vers le bas sous peine elle ne doit pas regarder

la main qui porte l'enfant à cheval sur sa hanche parfois tremble car l'enfant à cet âge est devenu lourd comme il pèse l'enfant sur le bras pourra-t-elle tenir le coup grimper encore avec l'enfant sauver l'enfant et si son bras perdait la force de porter

le monde s'écoule là cascade sèche dans son dos tandis qu'arc-boutée à la paroi elle tente d'échapper à la chute mais la force en grain fissure le bras qui tremble et si l'enfant

Une voix s'adresse à elle, dans le creux de l'oreille. Toi aussi ? Romi sursaute. Je te vois, tu viens souvent. Tu as peur ? C'est normal, nous avons toutes peur. Viens. Un bras l'entraîne, Romi se laisse faire. Le contact de la main ferme qui tient son avant-bras. Tandis qu'elles marchent au coude à coude et rejoignent le cortège, elle sent contre elle le corps de celle qu'elle n'a pas regardée et qu'oubliant toute réserve ses pas ont suivie. Elles ont rejoint la ronde des mères. Au milieu des femmes qui marchent, elle marche. Elle marche avec elles, parmi celles qui marchent. Elle aussi elle marche. Son visage brûle. Elle marche, la femme du Docteur, avec les mères des disparus. Une infiltrée ?... Elle pense aux portraits en évidence dans la galerie, au-dessus des fauteuils où s'assoient les invités. Le portrait de José de San Martín, celui de Simón Bolívar et de Bernardo O'Higgins. Elle pense au père. Dans quelques minutes, parmi ces femmes, l'une va surgir et crier, pas elle, elle n'a pas le droit, les mains vont l'attraper, la jeter hors du cortège, et les regards la couvriront de la glu d'un goudron paralysant... Jamais elle ne sera l'une des leurs... Tout ce qu'elle peut faire, maintenant qu'elle est au milieu d'elles, telle une femme qui ne saurait pas nager et qu'on aurait précipitée dans le grand corps des vagues ouvre les bras, et pour faire corps avec la mer, oublie l'abîme, c'est faire semblant... Elle se rapproche de celle qui marche contre elle, dont elle n'a pas vraiment regardé le visage mais dont émane ce souffle chaud qui déploie les montgolfières. Elle puise la détermination autour d'elle, les femmes marchent en silence, pommettes tendues, la force des regards l'imprègne. Devenir l'une d'entre elles. Elle s'applique, elle cherche au fond d'elle, dans le vide de son être, un appui, où prendre pied, pour hisser en elle une détermination, et ressembler à ces femmes.

Car au fil des pas, continuer à faire corps avec ces femmes, rattacher sa douleur à la leur, afin que la douleur, tenue, main dans la main, cesse l'expansion aveugle qui l'engloutit, devienne un lieu habitable, le lieu où elle trouve un essor.

Celle qui l'entraîne avance vite, Romi allonge le pas pour ne pas courir. Cette femme qu'elle suit est tellement jeune, plus jeune que les autres qui marchaient là-bas, tout à l'heure. Plus jeune que celles dont les audacieux fils et filles un soir ne sont pas rentrés à la maison. Plus jeune qu'elle-même. Quand elles quittent le quartier la course s'apaise. À l'angle de l'avenue Belgrano et de la rue Piedras, l'inconnue pousse le portillon d'un jardin public. Des enfants courent sur l'herbe pelée. Elles passent sous l'averse que libèrent les branches profondes d'un tipa et vont s'asseoir sur un banc dont le bois blanchi est plus lisse qu'un bois flotté. Romi, submergée par la présence de la jeune femme dont la natte relevée découvre la nuque gracieuse, a honte des effluves de transpiration qui émanent de son corsage moite d'avoir marché vite. Elles restent sans parler un moment puis Malena pose quelques questions auxquelles Romi ne répond pas. Craignant qu'on les observe, elle regarde autour d'elles. De l'autre côté des grilles, le bruit de la circulation est intense. Longtemps charriées dans d'infimes ruisseaux souterrains, soudain reversées les unes dans les autres par un jeu d'écluse inattendu, les larmes forment un fleuve qui ne cesse d'enfler, dont elle ne parvient plus à endiguer le cours. Sans dévier de sa trajectoire, un chien pressé passe contre elles. Elles reçoivent l'haleine de son souffle court, son odeur de bête mal nourrie tandis que Malena tient contre son cœur une inconnue qui sanglote.

Dans la nuit électrique *il* ronfle. Brinquebalée par l'insomnie, Romi revoit la scène, sur le banc, tout à l'heure. Elle, jupe de laine brune, corsage à col Claudine boutonné haut sous la gabardine. Malena porte une veste et un pantalon en jean. Un long collier de graines peintes descend sur le chemisier, un bracelet indien ceint la peau du poignet. Au-delà de leurs différences de style, peau claire, cheveux fins, elles se ressemblent. Romi transpire dans les draps. Allongée contre un homme comme on bivouaque au pied d'une falaise stérile. Un greffon lumineux, piqué en son angoisse, germe, libère en elle son évidence tiède. Dans les plis ombreux l'idée palpite. Romi guette son aura de luciole, elle cherche à la saisir, elle contemple la danse d'une formulation qui s'étire, se cisèle. Il se peut que Romi se trouve moins enclose en son existence qu'elle se le figure. Romi assise sur le banc à côté de Malena... L'impression curieuse que chacune représente une variation, une possibilité de l'autre, dans d'autres circonstances. Maintenant les pensées bourgeonnent dans le noir, elles naissent enchâssées, la jeune femme vibre dans l'enchevêtrement fertile. Il existe d'autres appartenances que la famille. La petite vie de Romi soudain s'ouvre, s'érige ; elle trouve, c'est sûr, un prolongement ailleurs, très loin peut-être, dans d'autres temps même. Imprégnée de mystère elle fixe l'obscurité qui n'est plus arrêtée par le plafond mais l'enveloppe de vertige. Ainsi, rien n'est fermé. Ce que l'on nomme *soi* formerait moins une ligne continue qu'un ensemble poreux de pointillés, s'autorisant toutes sortes d'imprévus et de bifurcations, par-delà les montagnes des classes sociales, les océans des âges, les galaxies des époques. Allongée dans un coin du lit de la chambre à coucher d'une maison résidentielle établie dans un quartier résidentiel, Romi se sent large, plurielle, en elle s'ouvrent des espaces vibrionnants où se dissout l'aigreur de l'enfermement où depuis si longtemps son esprit tourne et perd pied sur lui-même.

Le jeudi suivant elle retrouve Malena dans le même jardin et l'accompagne jusqu'à la place. Quand il s'agit de traverser elle résiste. Viens, dit Malena. Le bras de Romi glisse hors du coude de la jeune femme comme se dévide le brin de laine inerte et souple qu'on file. Un instant Malena la regarde puis lui tourne le dos et s'engage. Romi jette un œil à droite et à gauche et fixe la chaussée tel un bassin où elle redoute de se lancer. Au moment où Malena est absorbée par la ronde, elle se rue sur la place et rejoint le cortège.

*

Elles ont frappé à toutes les portes, ces mères. Toujours on leur a répondu avec une politesse aux écailles froides. Malena a présenté un *habeas corpus* pour savoir où se trouvait son frère. Elle est allée d'abord à la police, puis aux institutions religieuses, aux forces armées, au ministère de l'Intérieur... Matías reste introuvable. C'est après avoir épuisé les recours légaux qu'elle a atterri à la Liga. Ils ont cru qu'on plierait, qu'on aurait peur. Au début, on passait pour des folles bruyantes et impudiques : franchement, croyions-nous vraiment possible que des personnes puissent disparaître comme ça, sans laisser de trace ? Ceux dont nous étions sans nouvelles, ces gamins, ces gauchistes, alors que nous faisions nos simagrées et donnions une image honteuse du gouvernement, ils devaient se la couler douce bien tranquilles quelque part, en fuite à l'étranger, ou cachés en province... Maintenant Romi, les choses ont changé. Fini le temps où l'on fricotait des ententes diplomatiques au cours de pince-fesses organisés par le ministère de l'Intérieur. Fini le temps où les États-Unis étaient ouvertement complices des tortionnaires. Jimmy Carter a eu d'autres stratégies électorales, il a érigé la défense des droits de l'homme comme une priorité de son mandat. Il n'a pas caché son hostilité à l'égard des généraux, crois-moi, l'Argentine est isolée. La junte a été contrainte d'accepter la visite d'une délégation de l'OEA venue recueillir des témoignages sur les violations des droits de l'homme. Des juristes internationaux ont ouvert un bureau des réclamations en centre-ville. Sais-tu combien de plaintes ont été reçues ? Plus de cinq mille. Et encore, je suis sûre que ce n'est que la partie émergée de l'iceberg... Les gens commencent à se rendre compte que les disparus ne sont pas pure invention calomnieuse. Le monde nous voit, Romi. Quand on a tout perdu on n'a plus rien à perdre.

Souvent, après les cours que suit Malena à la faculté de sciences humaines, elles se retrouvent et marchent dans la ville. Elles traversent Villa Crespo, le quartier juif. Almagro est une frontière. Jusqu'à ces dernières semaines, Romi n'avait jamais mis les pieds dans ces repaires ouvriers, San Cristóbal, Parque Patricios. Les vespas rebondissent dans les nids de poules, elle se tord les pieds sur les trottoirs mal nivelés crépus d'herbes sauvageonnes. Malena salue une vieille femme assise sur une chaise de métal face au spectacle de la rue. Derrière son épaule, un chat veille, paupières mi-closes entre les barreaux de la fenêtre. Attends-moi là… Sac en bandoulière, elle disparaît dans l'eau dormante du couloir. De biais, Romi contemple le profil de la doyenne, auquel l'âge confère une dignité fixe, amérindienne. Malena ressort, prend une autre direction. Elles croisent des gamins qui chahutent en bandes, livrés à eux-mêmes la moitié du jour. Faute de place sur les bancs, ils ne se rendent à l'école que le matin ou l'après-midi. Les « courses » de Malena n'ont pas lieu deux fois dans la même rue. Avec elle, Romi prend le pouls de l'immense cité ; derrière les disparités elle perçoit les flux profonds qui la parcourent. San Telmo. La jeunesse se déverse dans les rues où alternent boutiques et boîtes de nuit. Bien sûr les militaires, mais la promenade regorge d'odeurs, confiture de lait, friture d'empanadas. Les jeunes gens se pressent devant l'affiche du prochain combat de boxe programmé au Stadium Luna Park. Qui sera le nouveau Carlos Monzón ? Carlos Monzón a raccroché quatre ans plus tôt après un combat victorieux contre le Colombien Rodrigo Valdéz, champion du monde. *El Macho*, 87 victoires, 59 K.-O., 3 défaites, 15 championnats du monde tous victorieux… Malena pousse parfois la porte d'un café. Laissant derrière elles le tumulte de la rue aveuglante elles descendent quelques marches, respirent l'obscurité, posent les coudes sur une table usée, commandent une limonade. Dans la poche, les doigts de Malena cherchent une cigarette à l'aveugle, puis le briquet. Elle rapproche ses épaules et fait une conque de ses mains autour du point d'incandescence. Romi porte le verre à ses lèvres, reçoit au visage le friselis sonore des bulles et reconnaît parfois un disque entendu à la radio.

Une fois qu'*il* referme la porte d'entrée et que s'estompent ses pas dans l'allée, elle respire. Elle s'acquitte des tâches incontournables avant, à son tour, de déserter la maison gagnée, jour après jour, par une ombre inerte. Elle n'attend plus l'après-midi pour sortir, même quand Malena n'est pas disponible. Dans son quartier aux maisons identiques sur leurs parcelles réglementaires de huit mètres, où chaque porte ouvre sur le même couloir flanqué de chambres, débouchant parfois sur un patio, le matin on ne croise que des mères de famille. Plus loin la foule s'intensifie, la rue autrefois hostile s'apprivoise. La menace indistincte des passants se défait avec la patience d'une pâte qu'on émiette. Dans la foule, au moment où leurs manches se frôlent, il arrive que Romi perçoive la lassitude de la femme qui des deux mains maintient sur la hanche les lanières d'un lourd sac de corde. Un peu plus loin elle traverse un large boulevard, les yeux posés comme deux oiseaux sur l'assurance juvénile d'une paire de talons où s'érigent des pieds poncés, hydratés, aux ongles peints de frais. En haut des marches, les portes des grands bâtiments s'ouvrent devant les hommes auquel le monde appartient. Des silhouettes élégantes se découpent dans le hall du Plaza Hôtel. Elle lit, dans le regard entrevu d'un tout jeune homme, l'entortillement de la joie de vivre et de la colère. À l'angle de l'avenue Corrientes, près de la Bourse, elle bifurque en direction de la vieille poste et laisse les arcades derrière elle. Elle n'ose pas descendre dans le métro. Les journées, d'abord lentes et sans contours, ont pris un cours ferme, presque incisif. Pourtant, seule elle ne fait que marcher, elle n'a nulle part où entrer. Les fils du tramway grésillent dans le lit froid du ciel qui court au-dessus de la circulation. À peine si elle osera acheter un de ces chaussons fumants remplis de viande hachée mêlée d'œufs durs, d'olives, oignons et raisins secs qui lui font tant envie, qu'elle paiera les yeux baissés, dégustera debout comme une voleuse, à la va-vite, sous un porche, avec la honte de ceux qui n'ont pas où s'asseoir, avant de s'essuyer les doigts au papier qu'elle fera disparaître dans son sac. Elle se faufile entre les passants, où se mêlent les uniformes sombres des policiers. Les noms de rues dansent dans sa tête, sans s'ordonner. Reconquista ; San Martín ; Florida ; Santa Fe... Mue par un moteur magnétique, elle évite les places ; parfois ralentie aux passages les plus étroits elle arpente les ruelles, traverse les boulevards engorgés, fuit l'insolence de ceux qui s'attablent en terrasse, esquive le regard appuyé d'un serveur, s'engage sous les galeries commerçantes, sans s'arrêter, pas même devant les boîtes d'une libraire, ni la vitrine d'un antiquaire... Elle ne possède pas comme Malena la carte du libre accès.

Une fin d'après-midi, après qu'elle s'est engouffrée pour quelques minutes dans plusieurs immeubles, Malena l'entraîne. Si on se dépêche... Un parcours labyrinthique les conduit dans un bouiboui d'une ruelle d'Almagro. Concert confidentiel du Cuarteto Zupay, lui souffle à l'oreille sa fraîche amie avec un clin d'œil, avant de s'infiltrer au fond du café entre les pans du rideau. Serrés sur la petite scène, les frères García Caffi ont commencé. Avec leurs deux acolytes ils chantent des chansons tirées de leur album *Canciones que canta el viento*. Tu connais ? Elles sont installées au fond de la salle, le dossier de leurs chaises s'enfonce dans le rideau qui couvre le mur. Devant elles un groupe d'étudiants reprend et tangue avec la musique. Souvent les yeux de Romi reviennent sur la silhouette d'un gars ; un bras autour des épaules d'une fille au profil mince, chaque fois que la houle disjoint leurs corps, ses doigts se crispent et la rattrapent ; il la presse contre lui, tourne son visage vers elle tandis qu'elle fixe la scène et s'imbibe de son image, comme s'il risquait à tout moment qu'elle lui soit enlevée. Dans l'assistance, les hommes suivent le rythme d'un tressautement du genou, des doigts sur la table, dodelinent de la tête ; les femmes se laissent aller à vivre les méandres de la mélodie plus avant dans leur corps ; la musique s'engendrerait là, quelque part dans la conque fruiteuse du bassin. Quand ils entonnent *Un destino*, une femme sans âge assise au premier rang s'anime, se redresse et renchérit avec ardeur :

Una historia que comienza ahora
Es el primer paso
Desde aquí todo puede pasar
Vamos juntos sin perder el rumbo
Con el viento llevándonos
Sin espejo retrovisor
No importa lo que venga
El camino es claro, y no estoy solo

Bercée dans la tiédeur du public qui murmure, regard mi-clos, la mélancolie du vent, Romi assiste à un concert pour la première fois. Un velours ourle les yeux de Malena qui oublie de tirer sur sa cigarette. Dans le ventre du café tremble un vieux sanglot.

La nuit est sur le point de tomber. Son attention est attirée par la silhouette d'un couple à l'arrière d'un taxi à l'arrêt. Flot des passants qui se pressent sur le large trottoir. Avant que le feu ne passe au vert, elle voit à travers les vitres la chevelure de la femme qui se serre contre... contre *lui,* oui, c'est bien *lui*... et la caresse d'un ongle peint sur *son* visage, à l'endroit où les sourcils indisciplinés se rejoignent, est obscène.

No importa lo que venga
El camino es claro, y no estoy solo

*

Au premier étage d'une petite maison du sud de Caballito, à quelques rues du quartier Parque Chacabuco, l'appartement des parents de Malena est meublé simplement. Malena allume l'électrophone et sort un disque de sa pochette. Elle souffle pour chasser la poussière, soulève le bras dont elle repose le diamant sur le premier sillon. Montent dans la voix de Paco Ibáñez les mots de Pablo Neruda...

Emerge tu recuerdo de la noche en que estoy.
El río anuda al mar su lamento obstinado.
Sobre mi [tu] corazón llueven frías corolas.
Oh sentina de escombros, feroz cueva de náufragos!
En ti se acumularon las guerras y los vuelos.
De ti alzaron las alas los pájaros del canto.
Abandonado como los muelles en el alba.
Es la hora de partir, oh abandonado !
Es la hora de partir, oh abandonado !
Todo en ti fue naufragio !

Romi déplace les disques, sous les paupières brouillées apparaît la forme des noms. *O Político* du Brésilien Chico Buarque, María Elena Walsh, *No todo va mejor con* de Schussheim...

Schussheim, ils l'ont interdit à la radio, non ?

Comme tant d'autres... Je l'ai vu en concert avec mon père, dit Malena, il y a quelques années, au Café Tortoni, et aussi le Cuarteto Cedrón, Dúo Salteño. Ils ont dû s'exiler. Comme tant d'autres...

La voix de Paco Ibáñez emplit l'appartement d'une nostalgie délicieuse. Romi se déplace dans les pièces que leurs habitants, enlevés les uns après les autres par le Régime, ont désertées. Elle se déplace entre les murs au gré de la musique, pareille au bois flotté abdiquant toute mémoire et toute origine pour s'enfoncer dans le grand corps de la mer.

Sur une commode une photo dans un passe-partout montre un groupe de très jeunes filles. L'une d'elles joue de la guitare, les autres chantent. Leurs jupes arrivent au-dessous du genou, les chaussettes montent haut ; elles portent des chaussures de marche. Romi prend la photo et retrouve Malena dans la cuisine. C'est toi là ?

La jeune femme verse l'eau à petites lampées sur le riz qu'elle vient de faire frire. J'ai l'air sage, pas vrai ? Adolescente j'étais guide. Scoute si tu préfères.

Romi est assise, elle a posé la photo sur la table de Formica. Tu es catholique ? Tu m'as dit que ton père travaillait pour *Noticias*, c'était un journal de gauche...

Malena sourit. Catholique, non.

Le scoutisme n'était-il pas réservé aux catholiques ?

Les choses ne sont pas si arrêtées, si étanches. Le couvercle de fonte refermé sur la cocotte, elle se retourne. Romi, est-ce que tu crois en Dieu ?

Le cierge qu'elle allume dans la chapelle de la Vierge après l'office, le parfum de fleurs lors de sa communion solennelle dans la blanche église de Mina Clavero... Romi rougit. Je ne sais pas...

C'est une camarade du lycée qui m'a entraînée dans l'aventure du scoutisme. J'avais besoin de trouver ma place, de me sentir utile, j'ai rejoint sa troupe et je suis devenue guide, pendant deux ans. Quelques instants Romi se figure Malena, toute jeune fille, partir sur les routes, sac au dos, avec ses comparses, pour faire halte dans des provinces reculées, loin de chez leurs parents... Une telle liberté... De nouveau, l'atmosphère immobilisée sous la voûte de l'église de Mina Clavero, *ave Mari-ia*...

Là, c'est elle, Sophia. L'ongle rongé se pose dans un coin de la photographie. Elle s'est engagée auprès des Montoneros. Comme mon frère... On s'est perdues de vue...

Romi se penche, elle peine à imaginer ce que peut être une vie de plein air, entre jeunes filles... N'a-t-on pas peur, ainsi livré à soi-même ? L'ombre d'Ernst applique à son esprit un voile opaque qui rend difficile toute représentation. Est-il possible que Malena entende le bruit de son cœur qui bat trop fort ? Vous avez l'air tellement jeunes...

La photo a été prise juste avant le conflit social dans les usines de Córdoba. Un instant Romi se revoit serrée dans sa capeline neuve, le père tient les rênes, le cheval trotte. Mais cela, c'était après le Cordobazo.

C'est pendant ce camp que j'ai rencontré Alberto Braqui.

Alberto Braqui ?

Un prêtre. Un des émules de l'évêque de Récife, au Brésil. « Le Christ est dans la boue » ça ne te dit rien ? Il s'est impliqué dans la favela de Nordeste. Ça ne leur a pas plu, aux autorités religieuses, cette vision sociale du christianisme.

Romi sent sur elle le regard fiévreux de sa belle-mère. Moi qui croyais que les opposants étaient tous communistes…

Et que tous les chrétiens étaient pour la dictature ! Malena rit. La junte en a après tous ceux qui veulent une Argentine plus généreuse avec son peuple et aspirent à plus de justice sociale, peu importe leur philosophie. Au-dessus de l'évier, l'eau court sur les doigts de Malena. Tu sais quoi ? Je soupçonne qu'ils vouent une haine spécifique aux femmes qui portent le pantalon… Peut-être ont-ils même dans le programme un plan spécial pour liquider André Courrèges et Yves Saint Laurent !

Le silence s'installe dans la petite cuisine. Romi cherche à se représenter les parents de son amie. Comment Malena est-elle aussi lumineuse, elle dont la famille entière a disparu ?

Détrompe-toi, Romi. Je hais ces salopards. Elle verse une dizaine de baies rouges et noires dans le mortier de pierre et pilonne. À cause d'eux, le bonheur ordinaire m'est impossible. Mais tant que je passerai entre les mailles du filet, je fais tout pour leur refuser le pouvoir de détruire ma joie. Plus forte est la douleur, plus je cultive la joie. La joie est ma résistance. Son tuteur est la haine. Elle broie le poivre, et son rire atténue les grands mots.

Romi regarde la veine saillie du bras qui pilonne. Tu n'as pas peur que je te dénonce ? Pourquoi tu me fais confiance ?

Une nouvelle fois Malena rit. Elle détaille une lame de piment sec, écrase deux gousses d'ail et les jette dans une poêle en fonte avec un lot de crevettes achetées au marché. La cuisson prend, libère les arômes. La jeune femme saisit le manche et d'un geste fait sauter les fruits de mer sur l'autre flanc quand le téléphone retentit. Les sonneries s'égrènent dans le crépitement roux des carapaces, puis meurent. Tu ne décroches pas ? Malena lève son regard presque jaune. Mi querida, tu ne comprends pas ? On est sur écoute ici. Elles mangent debout, décortiquant les carapaces avec les doigts qu'elles sucent en souriant, quand leurs yeux se rencontrent.

*

À Barracas, les jeunes femmes longent des rues aux maisons basses en direction des docks, à l'est du Riachuelo. Comme nourrie par l'humidité tiède de l'air, une flore sauvageonne se dresse hors des fissures. Envasé, le canal traîne la puanteur de sa contamination emmagasinée sur soixante kilomètres. Monte avec moi, ordonne Malena quand elles arrivent devant le petit immeuble, ça pue trop ici. Tu verras, Javier est toubib. Bel homme en plus, sourit-elle. Deux coups discrets, la porte s'entrebâille. Malena ouvre sa sacoche et pose sur la table un paquet enveloppé de papier boucher qui disparaît dans un tiroir du buffet. L'homme ferme les battants de la fenêtre. Qu'est-ce que ça chlingue, sourit Javier, même ici… Depuis le XVIIIe, explique-t-il en préparant le maté, les usines de production de viande salée, leurs abattoirs et les ateliers de transformation des peaux ont proliféré sur les berges du Riachuelo, et vas-y que je te déverse carcasses d'animaux et produits chimiques. La teinte du sang et le suif des bêtes donnent à l'eau une odeur étrange. Depuis, ateliers métallurgiques, chantiers navals partageant un intérêt économique avec l'industrie de la viande ont intégré le fleuve dans leur chaîne de production ; que des avantages : l'eau est un moyen de transport de marchandises bon marché, et un fameux dépotoir… Moi je soigne les gens. Ils ont des problèmes de peau. L'odeur nauséabonde pénètre les corps loin avant dans la chair. D'ici, on n'imagine pas les conditions sanitaires dans lesquelles ces gens vivent. L'eau charrie des métaux lourds, les pluies fortes rebrassent les décharges à ciel ouvert, le niveau remonte et les habitants des rives ont les pieds qui baignent dans la pourriture du fleuve... Je n'aurais pas imaginé que quelqu'un comme Javier habite dans ce genre de lieu, dira Romi à Malena plus tard. Malena part dans un éclat de rire. Mais, querida, Javier n'habite pas là !

De plus en plus souvent, Romi croise des camarades. Certaines physionomies deviennent familières mais les noms, les surnoms changent, les contacts, les adresses... Les compagnons se retrouvent rarement au même endroit. La dramaturgie des promenades urbaines est un jeu de piste complexe, au sein duquel Romi a fait irruption ; elle suit Malena comme son ombre, collée à l'instant, à l'évidence de sa présence, sans questions.

Un après-midi de janvier, quand Romi rejoint son amie elle n'ose pas demander, pourquoi ce visage. Malena comme toujours l'entraîne, mais les traits sont durs. Un ami de son père l'a contactée, finit-elle par dire. La chaleur de l'été avale les ombres des larges avenues. Luciano est maître-nageur à Santa Teresita, un village à quatre heures de la capitale, sans radio ni télévision. Le rendez-vous est chez sa sœur.

Luciano ouvre lui-même la porte. Magdalena est sortie, souffle l'homme. Il se laisse tomber dans un fauteuil, elles s'assoient face à lui, sur le canapé.

Les volets sont tirés, maintenant une fraîcheur relative. Je suis monté à Buenos Aires, Malena, parce que je ne peux pas garder ça pour moi. Il faut que ça se sache, fais-le savoir, toi, dans tes réseaux.

L'ardeur d'un vent venu des terres retrousse l'océan. Soleil dans le dos, les yeux rivés au large, le vieux maître-nageur se demande ce que sont les taches sombres à l'horizon. Elles n'ont pas la forme d'embarcations. Maintenant Luciano a de l'eau à la taille, la mer est chaude, puissante la marée. Luciano nage, tandis qu'il nage il regarde le ciel, puis l'océan, de nouveau le ciel... Les taches se rapprochent... Celui qu'il rejoint est un corps de femme, gonflé, très abîmé. Elle a séjourné sans doute pas loin d'une semaine dans l'océan, ballottée, triturée par les vagues, marbrée par les innombrables baisers du sel. Luciano pleure et regarde Malena sans baisser les yeux. Quand j'ai voulu la saisir par le poignet, la chair s'est détachée. Au fil des heures, trente-cinq cadavres par morceaux s'échouent sur la côte.

On se hâte, faire disparaître. Il a entendu la rumeur. À la tombée de la nuit, on leur administre du penthotal. Une fois dans l'avion, l'équipage dénude les détenus assommés par le sédatif. Direction sud-est, où les eaux du río de la Plata se fondent dans la haute mer. Le vent balaie l'intérieur de la carlingue, les marins poussent les endormis dans le vide. À neuf mille pieds la mer est une plaque d'acier. Les courants emportent ceux qu'on nomme Les disparus.

Les militaires écartent les badauds du trou qu'on finit de creuser pour y enfouir les morceaux, à quelques dizaines de mètres du cordon de plage. Un homme dresse une croix de bois sur un tas de sable. Certains corps, les moins abîmés, on les transporte au cimetière de General Lavalle où l'on vient de faire l'inventaire des tombes classées NN, morts anonymes. On les ouvre on les referme à la hâte, pour les rendre à leur anonymat discret entre les caveaux des familles où s'entassent des messages ciselés dans le marbre et les photographies des défunts, dont les cadres dorés opposent un déni bouffon à la mort.

Les dîners mondains se sont arrêtés mais *il* reçoit encore des visites, le soir. Revenir à la *maison* est tous les jours plus difficile. Elle sait qu'elle doit être là pour les visites, qu'*il* ne lui pardonnera pas sinon. Quand la sonnette retentit, fidèle au poste elle ouvre la porte, introduit les hommes dans la galerie, se retire dans la chambre. D'ici elle peut oublier les voix qui lui parviennent à peine, diluées dans le soir monochrome. Elle s'endort vite, elle n'entend plus le moment où *il* rentre dans la chambre et se laisse tomber sur le matelas.

*

Un soir que Romi peine à quitter sa chaise, Reste, dit Malena… Appuyée contre l'évier, elle touille dans son bol à maté avec une application excessive. Cette nuit-là, Romi dort dans la chambre de Matías. Cette chambre pleine d'affiches est celle d'un tout jeune homme. En face du lit un portrait du Che. Sais-tu que le mot Che est d'origine mapuche ? Ça veut dire « mec », c'est drôle, non ? Au-dessus du bureau, un grand gorille tient un groupe de lettres en écriture gothique comme un accordéon. Des jeunes gens aux cheveux longs croisent les bras ou ouvrent grand la bouche, arrimés à des instruments électriques. Derrière eux, des paysages, traversés de lumières multicolores. Dans la nuit elle se réveille, le corps doux de Malena pelotonné, imbriqué dans les décrochés de son propre corps. Malena a quitté sa chambre pour la rejoindre. Contre ses cuisses, les cuisses de Malena. Ses pieds se referment sur les siens. Romi se presse contre le dos tiède. Sans atteindre sa nuque, elle glisse son visage sous l'épaisse tresse que son amie a formée la veille au soir dans la salle de bain, pour donner un moutonnement à sa chevelure. Un léger tressautement parcourt le corps qu'elle étreint. Sa main remonte par-dessus l'épaule, à l'aveugle, lenteur de papillon ; rencontre la joue, baignée de larmes. Je dois partir, dit Malena. Où ça ? Je ne sais pas. La France peut-être. Ou l'Italie... La France, répète Romi ; elle laisse le mot s'ouvrir dans sa tête, avec la souplesse d'un nageur sous-marin. Le passeport, comment feras-tu ?... Juana, explique Malena, une camarade ; en fuite ; depuis deux jours elle se cache chez un contact, demain je l'héberge dans un appartement que j'ai, la famille du côté de mon père, pour quelques jours, le temps de finaliser son départ pour l'étranger. Ils l'ont chopée dans la rue, en pleine rue, il y a un peu plus d'un an. Elle sortait du boulot, une agence bancaire dans une rue passante. Sa spécialité, c'est les écritures bancaires. Ils l'avaient choisie pour ça, ils l'ont fait travailler pour eux. Tu la verras si tu veux. Elle nous racontera. On s'est connues dans les villas miseria. Certains soirs elle partait en maraude, du porte-à-porte, elle incitait les pauvres à se syndiquer pour obtenir des aides de l'État. Allez, on dort maintenant. Malena attrape la main de Romi, elle y pose ses lèvres puis la presse entre ses seins. Un instant l'image de son mari, seul dans la maison, la traverse. À quel moment au juste ? Des semaines qu'elle ne se comporte plus comme une épouse. Ce soir, elle n'est pas rentrée. Un point de non-retour a été franchi, pense Romi. Demain, pourra-t-elle retourner comme si rien n'avait eu lieu dans cette maison qu'elle appelle comme par erreur « chez elle » ? Il existe le divorce dans certains pays… que va-t-elle *lui* dire, quand elle rentrera ? Comment va-t-*il* réagir ? Que fera-t-elle, quand Malena ne sera plus là ? Où ira-t-elle ? Que sera sa vie ? Si elle restait ici, dans cet appartement ? Pourrait-elle marcher dans la ville normalement, sans avoir peur de *le* croiser, ou de croiser l'un des *siens* ? Et comment vivrait-elle ? Elles restent immobiles, arrimées l'une à l'autre dans leur sororité silencieuse, trempées de peine et de sueur, les yeux ouverts, jusqu'au matin.

Elles prennent un bus à destination de la banlieue sud. La femme assise à sa gauche n'a pas fait un mouvement depuis vingt minutes. Une minuscule grand-mère, ratatinée sur le siège, les doigts agrippés à la bride du panier calé sur les genoux. Comme souvent, Malena s'est assise quelques sièges devant. C'est préférable, a-t-elle expliqué la première fois. Romi la guette comme elle peut, entre épaules et têtes.

Une vingtaine d'arrêts plus loin, Malena se fraie un passage vers la portière. Romi descend à sa suite, elle respecte la distance recommandée. Elle pénètre quelques minutes après elle dans l'immeuble où son amie s'est engouffrée. Dans la pénombre, on murmure son nom, elle avance à l'aveuglette ; une main prend son bras et la guide ; Malena tâtonne dans la serrure, la porte s'ouvre, se referme derrière elles. On n'ouvre pas on n'éclaire pas, elle chuchote, vidant son sac à provisions sur la table de la cuisine : Juana aura de quoi tenir jusqu'à son départ. Assieds-toi là. On attend.

Presque une heure plus tard, on frappe ; les coups font une phrase que Malena semble comprendre. Elle fait coulisser le verrou, une petite femme se glisse à l'intérieur, les yeux noirs dans un visage creusé, presque bleu dans l'ombre. Malena, saisie, regarde ce visage qu'elle semble reconnaître à peine. Juana, elle murmure.

J'ai changé, pas vrai. Toi non... Et elle ?

C'est mon amie, tu peux parler.

J'ai ce qu'il te faut, dit Juana, seul le nom est modifié. Pour sortir d'ici, tu t'appelles Malena Pazarella. J'ai laissé ton prénom, ce sont les noms qu'ils recherchent...

Tu as bien fait Juana, ce prénom, c'est tout ce qui me restera.

Écoute-moi Malena, si tu arrives en France, il te faudra contacter La Cimade, Cimade, tu te souviendras ? Ils sont organisés, ils protègent les camarades.

Protéger ? En Europe il faut être protégé ?

Jamais plus on ne sera complètement en sécurité, il faut prendre des précautions. Les enlèvements ont lieu aussi à l'étranger : c'était mon boulot de faciliter ces besognes, dit-elle avec un sourire ironique. Au Brésil, en Europe, partout, ces salauds ont besoin de se déplacer sans éveiller les soupçons. Voilà pourquoi je ne suis pas morte. L'avantage, c'est que je suis devenue la reine du faux passeport !

Malena fait couler l'eau du robinet jusqu'à ce qu'elle soit moins trouble.

Et toi, où iras-tu ?

J'ai des contacts au Venezuela. Ça ira...

Là-bas, c'était comment ? demande Malena en disposant devant chacune un verre rempli d'eau.

Juana raconte les sous-sols de l'Esma. Ce qui se passe avec l'électricité. Hommes, et femmes. Des étudiants pour la plupart. Elle a subi la picana. La picana, on t'enfonce une cuiller de bronze dans le vagin puis on te balance des décharges électriques. Même aux femmes enceintes, la picana. Elle vivait dans une cellule en ciment. Treize mois. Typologie des cris. Le jour, à quelques rues de là, l'innocence d'une cour de récréation. Nuits hachées par la douleur des suppliciés, femmes violées par les gardiens. Au bruit du cadenas qu'on défait, cruelle alternative : la porte s'ouvre-t-elle pour qu'on t'électrocute ? Pour qu'on te bute ? Direction *Avenue du bonheur.* Ses pas titubent sur les marches qui conduisent aux salles de torture. Nue sanglée sur un lit de fer, un fil électrique attaché aux orteils. Haut-le-cœur, chaque fois qu'on lui passe la cagoule : relents de charogne. L'immonde tissu est raide, amidonné du sang des suppliciés qui mordent leur langue – car la cagoule passe de visage en visage. Bruit de la gégène qu'on met en marche. *Caroline* est munie d'un variateur, pour éviter aux tortionnaires l'odeur de chair brûlée. Après la séance, le garde enlève la cagoule, il approche son visage du sien. Tu veux vivre ? Un officier est entré. Ce qu'ils attendent d'elle, fabriquer des passeports et des documents pour les militaires envoyés à l'étranger traquer les exilés. J'ai dit oui. On m'a affecté une cellule personnelle. Le même garde s'est mis à me rendre visite dans ma cellule. Un jour il m'a apporté des vêtements propres, une autre fois un morceau de poulet froid emballé dans sa manche. J'avais si faim... Un soir il m'a dit qu'en haut, ils étaient très contents de mon travail. Bientôt j'habiterais dehors. On m'installerait dans un appartement qui avait appartenu à *quelqu'un d'en bas*. C'est ce qui s'est passé. Ils m'ont déplacée, Malena, j'ai vécu chez quelqu'un qu'ils avaient fait disparaître. J'ai mangé dans la cuisine d'un disparu, j'ai dormi dans son lit. Sous étroite surveillance j'ai fait des allées et venues entre cet appartement et le sous-sol de l'Esma. Dès que j'avais fini le travail, on me ramenait en ville. Parfois Lucas (le garde) apportait des escarpins à ma pointure, habille-toi, il disait, maquillage, on dévalait l'escalier, les rues, un taxi, sa main d'acier en guise de menotte, on franchissait le hall d'un restaurant à la mode, viandes délicates, mon verre plusieurs fois rempli... En rentrant il me poussait dans le canapé de velours brun, il descendait sa braguette et me prenait comme ça, sans un mot, avant de refermer derrière lui la porte à double tour. Qui étais-je ?... Il y a six jours, Lucas est passé très vite, pour me dire qu'il avait l'intention de fuir, il fallait que je m'en aille, avant lui...

Un geste nerveux de jambes, sur la table les tasses vibrent. Malena ne tient plus. Comment c'est dans leur tête, ces types-là ? D'une main il te brutalise, de l'autre il soulage ta peine, pour que tu tiennes le coup, qu'il puisse recommencer ! il te garde sous le coude ! et puis il s'attache, et un jour, va savoir pourquoi, la conscience lui monte au cœur, il se sauve et il te sauve ! salut salut, nous voilà quittes...

Juana recule sa chaise, elle ôte une botte y plonge la main, tiens, dit-elle à Malena qui feuillette le passeport. Malena se tourne vers Romi, ses yeux dans les yeux de Romi. La lueur dans ces yeux-là, presque violette, que signifie cette couleur-là, surgie, pour dire qu'il vaudrait mieux qu'elle le garde et c'est presque un ordre, tandis que Malena ajoute, hésitante, j'ai des choses à faire aujourd'hui, Romi, il est préférable que je ne me promène pas avec ça sur moi, peux-tu me l'apporter demain, tôt ?

Romi quitte l'immeuble la première. Ses jambes la mènent jusqu'à l'arrêt du bus qui vient d'apparaître au bout de l'avenue.

Elle débouche dans sa rue au moment où une camionnette s'arrête devant *sa* maison. Le moteur tourne encore, une portière s'ouvre et claque. Les deux infirmiers frappent, *il* sort et parlemente avec le chauffeur ; la camionnette redémarre et s'arrête un peu plus loin pendant que les trois hommes entrent, chez eux, chez elle… Un instant Romi revoit la chambre d'hôpital, dans l'enfance… C'est pour elle, c'est elle qu'ils… Avec l'allure d'une femme qui a oublié quelque chose à l'épicerie, Romi fait demi-tour. Elle s'accroche à cette ménagère imaginaire et marche, dans son corps, longtemps, comme si elle n'avait que deux pas à faire, un tour de pâté de maisons. En fin d'après-midi elle arrive dans la rue de Malena.

Elle pense que le matin, elles n'ont pas ouvert les volets qui sont encore fermés. Dans la cour, Romi glisse la main dans un creux du mur et attrape la clef. Les lits sont défaits, tels qu'elles

les ont laissés avant le rendez-vous avec Juana. Il fait chaud, elle entrebâille la fenêtre. Le bruit de la circulation entre avec l'air, elle reçoit au visage leur union épaisse qui engourdit, pareille au coussin qu'on presse sur le visage du grabataire pour lui éviter les dernières souffrances, dès que l'infirmière a le dos tourné. Elle pose le passeport bleu de Prusse sur la commode. Elle ouvre le bahut du salon et feuillette les albums photo.

*

Le soir, Malena ne rentre pas. Le lendemain non plus. Pendant plusieurs jours Romi reste dans l'appartement, sans retourner à la maison. Elle dort dans le lit de Matías. Parfois des pensées la traversent. Malena a raconté comment en 1975, on a trouvé un journaliste de *La Opinión* près d'Ezeiza. Elle se figure ses doigts brûlés, ongles arrachés.

Elle ne supporte plus sa propre odeur. Elle porte les habits de Malena. Elle sait qu'elle ne doit pas rester là. Qu'elle doit partir. Elle se sent comme une maison vide. Elle ne peut pas non plus – février 1977, coupé Renault Torino vert métallisé sur la route de Mina Clavero, tes parents meurent dans un accident de voiture –

retourner *là-bas*. Là-bas, la maison appartient à Torsten.

Elle trotte dans ses bottes, pliée sous le vent et le poids du cartable. Elle trotte, elle court presque. Arriver avant la nuit. Elle pousse le portillon. De la lumière sort de l'atelier… Torsten… Passer par derrière… Même à table, ne pas s'asseoir à côté du frère… Que son avant-bras frôle le sien à l'occasion d'un jeu de fourchettes, son pouls accélère, un film humide sur son corps, double peau. Avant que Lisbet, Emiliana, Tomàs s'en aillent, il était plus facile de passer inaperçue. Mais ils sont partis, ils sont devenus des étrangers. Elle est seule, pour quelques années, avec Torsten… Le regard de Torsten… À tout moment le regard peut apparaître. Ce regard-là sait la dénicher dans les coins où l'on croit être à l'abri, au fond du jardin, derrière le fauteuil de la mère, contre le montant de la cheminée, dans le recoin de la cuisine où sont entreposés les balais. Elle se défile mais le regard l'attrape au vol, se fiche dans l'abdomen. Tchac. L'aiguille l'arrête. Un mélange de haine, de défi, enrobe autre chose, qui procure une sorte de honte. L'œil du frère fait d'elle un pauvre insecte. L'impression qu'il peut, qu'il va, d'une dague jaillie de sa cuisse, geste effilé, t'ouvrir de bas en haut, jusqu'à la gorge ; elle aurait encore le temps de voir le volume souple de ses entrailles se dénouer pour rebondir à ses pieds, avec un abandon d'esclave. Elle se glisse dans la maison par la remise et court dans sa chambre. Elle écoute... La mère n'est pas encore rentrée, la maison est vide... Un dimanche d'hiver Tomàs est revenu, en uniforme. Se souvient-elle de lui, ou sa mémoire s'est-elle inspirée de la photographie exposée sur le buffet ?... Les enfants de Lisbet ont presque son âge. Emiliana est entrée au Carmel pour dissimuler son handicap. Torsten, lui, restera. Préféré du père. C'est lui qui prend la suite, après. C'est le vœu du père. Le domaine lui appartient.

Plusieurs fois par jour, Romi s'assoit au bureau de Malena devant la photographie en noir et blanc punaisée au mur. Prestance de cette famille d'Indiens nu-pieds, à l'entrée d'une hutte de paille. Parures de la mère, qui maintient à la verticale un tout petit enfant, emmailloté comme une larve d'abeille ; main du père posée sur l'épaule du fils aîné, cinq ans peut-être, appuyé sur une verge de bois clair. Graves ils fixent l'objectif.

Des Mapuches, indiqua Malena qui suivait son regard la première fois. Ils ont résisté à la domination des Incas, puis aux conquistadors.

Où est Malena ? Elle pense à l'histoire de María Gómez, que Malena a racontée. María

Gómez a eu beaucoup de chance. On lui a bandé les yeux, elle a été poussée dans un coffre et menée hors de la ville, elle n'a jamais su où. On a lié ses mains et ses pieds, on a passé un fil de nylon autour de son cou. On l'a interrogée au sujet d'un article qu'elle avait écrit. Battue, piétinée. Tu seras fusillée. Une aube. Visage aveugle. On la fait descendre de la voiture, on la plaque contre un arbre, le front contre l'écorce. Derrière elle un piétinement de bottes orchestre le spectacle d'une mise à mort. Les hommes se déploient, forment une file. L'humidité glacée du petit jour. Au commandement, ils s'agenouillent. Le déclic des armes. Détonations. Le bruit des moteurs qui s'éloignent. Elle a pu défaire ses liens et ôter le bandeau. Maintenant, elle vit en exil[1].

María Gómez a eu beaucoup de chance. Les militaires ne laissent pas sortir les femmes mariées. Ils les laissent faire les démarches de demande de passeport pour quitter le pays, puis elles sont arrêtées à la sortie de la préfecture. María Gómez a eu cette chance : dans sa mairie, au moment du mariage, le nom de son mari n'a pas été indiqué sur son document d'identité.

1. Eduardo Galeano, *Jours et nuits d'amour et de guerre*, Albin Michel, Paris, 1987.

Parfois le téléphone sonne. Un après-midi, après que la sonnerie s'est arrêtée, quand revient la surprise d'un silence conscient de sa propre densité, elle tend le bras vers le combiné, le porte à son oreille. Avant que ne se déclenche la tonalité, l'espace d'une fraction de seconde s'engouffre dans son conduit auditif la précision d'une voix masculine qui se détache sur une réverbération de hall de gare. Dans la soirée elle se tient devant le miroir de la salle de bain. Elle défait son chignon ordinaire, brosse ses cheveux. Derrière sa tête, les doigts confectionnent une tresse, qu'elle passe par-devant son épaule gauche. Elle regarde son visage, longuement.

Elle baigne le corps de l'enfant qu'elle rince avec une éponge percée de trous – est-ce une éponge végétale –, quand l'enfant sera propre, elle le séchera dans une serviette de coton souple puis l'enfant elle le langera, puis les petons de l'enfant elle les chausse dans des chaussettes de maille fine pour ne pas blesser les petits orteils, et le corps, elle l'enveloppe dans sa brassière souple et le visage le visage le visage de l'enfant

l'enfant

n'a plus de visage

en lieu et place du visage d'enfant tremble la chair d'éponge parcourue de frissons et de trous spongieux d'éponge qui frissonne et se rétracte et pourtant cet enfant au visage d'éponge est son enfant

elle presse contre son cœur l'enfant au visage d'éponge elle presse comme elle presse comme on presse les éponges

les petites jambes bougent elles battent l'air et son corps elles battent les jambes elle presse le visage d'éponge contre l'ardeur de sa poitrine et maintenant les jambes immobiles et molles renoncent et pendent l'enfant à tête d'éponge sans regard la tête d'éponge sans regard retombe en arrière alors elle la pose là, ici, quelque part, n'importe où

Des jours, qu'elle sort à peine, à la sauvette... Maintenant les placards sont vides ainsi que son porte-monnaie.

*

Elle a replacé la clef dans le mur, au fond de la cour, derrière la pierre descellée. L'humidité du Riachuelo trempe le quartier de La Boca où elle marche en direction du port, le passeport de Malena glissé dans la poche intérieure d'une lourde jupe portefeuille. Pour protéger les façades de la rouille, les émigrés italiens les couvrent à la peinture de bateau dès la fin de l'été. Romi longe les baraques colorées, bancales et pimpantes, dont la puanteur noire du canal absorbe le reflet. De l'autre côté de l'océan, c'est l'hiver.

*

* *

Tu as trente ans, tu es assise sur un siège de métal dans le local d'embarquement où attendent les voyageurs qui ont acheté un billet pour Gênes. Les voyageurs attendent, parmi eux tu attends. Tu attends parmi les voyageurs en partance, tu t'appelles Malena. Tu t'appelles Malena, tu as trente ans. Dans deux heures tu franchiras la passerelle du *Cristoforo Colombo*. Dans deux heures le contact de ta semelle avec le sol natal va cesser. Dans deux heures le *Cristoforo Colombo* larguera les amarres, livrant pour quatorze jours les voyageurs en partance pour Gênes, Italia, à l'eau lourde de l'océan. Dans deux heures Malena, trente ans, quitte définitivement ton pays. Malena (c'est ton nom) émigre.

*

* *

Août 2005

Y la ternura, leve como el agua y la harina[1]

1. Pablo Neruda, *La Canción desesperada*.

Arnaud n'ouvre pas la portière. Fesses vissées au fauteuil de la voiture de location, il regarde, sur le siège passager, la sacoche où les documents éparpillés sur le lit de l'hôtel ont repris place. En lui, la colère n'est pas retombée. Or, quel sens a-t-elle, cette colère, face à Malena dans un lit d'hôpital, qui n'ouvre plus la bouche ? Et pourtant la colère tourne et se retourne dans la fosse de son cœur. Comment, quand on aime, comment peut-on cacher des choses, ainsi, si longtemps ? Lui, l'imbécile, préférant la douceur commode aux questions qui taraudent... Jusqu'à quel point il a rêvé la femme qui partage sa vie, jusqu'à quel point elle est une autre, c'est ce qui le cloue sur le parking. Et s'il ne disait rien ? Est-il capable d'un tel silence, d'une comédie explicite avec lui-même ? Bien sûr que non, rugit le mammifère qui remue sa masse rageuse dans sa poitrine, tandis qu'il se rue hors de la bagnole.

Et pourtant, pense-t-il à l'instant où il passe la porte tambour du hall de l'hôpital, même s'il s'est trompé sur son nom, la femme qu'il aime est bien celle qu'il va rejoindre dans quelques minutes... Cette pensée coule dans la fièvre comme un baume clarifiant. L'ascenseur décolle.

*
*   *

Tu regardes la route, ton œil enregistre les signaux, tu exécutes les gestes, freiner, point mort, reprise, première, seconde, troisième, tes mains tournent le volant, tes yeux surveillent dans le rétroviseur, avant d'enclencher le clignotant tu jettes un coup d'œil rapide par-dessus ton épaule gauche quelques fractions de secondes avant de décrocher – traquer ce que l'angle mort dérobe, même chose avant de te rabattre, par-dessus l'épaule droite cette fois-ci. Tu roules, tu exécutes les gestes, regard fixé au paysage, serré devant, à travers l'orbite large du pare-brise, comme si la route avait quelque chose à te dire que tu ne comprends pas ; scruter, laisser surgir des plis qui ondulent, la phrase implicite qui l'anime, justifie ses modifications, grandes plaines monotones, puis collines, arbres, car le paysage seul justifie *cette course de Malena* vers l'est, loin de la plage de Ragounite, du côté de la nuit, puisqu'à l'heure qu'il est le soleil inonde la plage arrière et peu à peu s'enfonce derrière toi, enseveli dans une buée née de la surprise de l'ombre tombée sur les choses brûlantes ; la brume libérée au-dessus des champs se dilate dans ton esprit et voilà, tu sais, ce qui bat dans ta poitrine, tu as peur, et, c'est étrange, au moment où se formulent ces mots, tu n'as plus peur... Pourtant tu n'es pas encore arrivée, il te reste encore un chemin à parcourir et désormais les conditions sont réunies, n'avoir plus peur soudain laisse la place à savoir pourquoi, pourquoi depuis ce matin, depuis des jours, en soubassement, comme un second soi-même, depuis des années, sourd contrepoint aux battements cardiaques, un autre battoir, comme un compte à rebours, clepsydre, entortille dans une fugue étroite ta peau, ton front, les tempes toujours frappent à deux rythmes, et voilà ce soir, 15 août, que ces deux rythmes se sont dissociés, un grand rythme noir soliloque, dans le silence de ton cœur sidéré.

Dans la nuit les roues écrasent une bête, la sensation des os broyés à travers la carrosserie, des heures que tu roules ; maintenant il te faut un corps à corps avec le chemin, tu bifurques sur une départementale, lacets, pente griffue, la tête froide tu te gares, tu fermes la voiture et glisses la clef dans la poche intérieure du blouson de coton que tu viens d'attraper avant de t'engager dans le chemin ; des branches se frottent à toi, des pierres roulent sous tes chaussures de toile inappropriées, l'air de la nuit te prend tout entière, il inocule dans chaque parcelle de ton corps la certitude d'être totalement découverte. Tu montes dans la montagne, en toi plus aucun renfoncement nulle part où te terrer, tu deviens transparente, lisible, traversée par les bruits de la nuit ; le cri des grenouilles, jalon court, dans ta chair vibre, en toi craquent les bois, un souffle tiède parfois sort des feuilles, ton corps n'est pas toi davantage que les ombres qui t'étreignent. Longtemps les jambes grimpent, elles cherchent l'appui ; parfois la semelle dérape, le genou lance, parfois la cheville se tord, le souffle se vrille dans la gorge, la pensée remâche ses plis, peu à peu sa gangue s'arrache, tout devient blanc.

Maintenant la mémoire déferle, elle te submerge, ça te revient, tout... les dames en blanc, la charrette dans laquelle tu accompagnes le père au marché, les prunes que tu tries le jour où *il* vient en visite chez tes parents, l'enfant... Tu fais partie de ce camp-là, car *il* était des leurs... à El Campito avec le Docteur, *il* était dans l'équipe du médecin Julio César Caseretto, unité des accouchements clandestins, et toi tu es apparue à *son* bras au bal des médecins, tu étais à *ses* côtés à la tribune mais

qu'avais-tu choisi, toi ?
or un jour l'enfant...
Tes pas, seuls, tes pas dans la ville... Malena...
Et si
Malena...
le port... la traversée...
et si Malena
est-ce qu'à
cause
de
toi

Tu n'as jamais été plus lucide, dans la chambre d'hôpital les odeurs soudain réelles, odeur de plastique émané de la chambre, odeur du linge qu'une aide-soignante vient de changer, odeur des figues très mûres par Arnaud laissées sur un couvercle de boîte en plastique à côté du téléphone sur la table de nuit, les odeurs montent et te crépitent au cerveau pour la première fois dans leur nudité. Ta conscience s'élargit et *tu vous vois*, le monde et toi, toi en lui, lui en toi, pluriel le monde, toi plurielle, polyphoniques, emmaillotés l'un en l'autre, formant un souple tissu irisé ; la communion des saints aurait dit ta mère, et cette présence multiple vibre autour de toi, tu es traversée par elle, elle vibre en toi et par elle tu vibres, tu existes intensément et tu te fonds, électricité, tu as perdu l'opacité qui freine et réduit t'identifiant jour après jour, semaine après semaine, d'année en année, à elle, as-tu sincèrement « oublié » que tu n'étais pas elle ? as-tu menti ? soudain qu'importe ?

car soudain tu comprends que Romi *est* Malena,

soudain dans la chambre d'hôpital tu es vivante, les morts n'ont pas plus de consistance que l'ombre estompée de l'amandier dans la pâleur de mars

et si Malena est vivante ensemble vous vibrez uniques et doubles, Malena à toi s'est offerte comme la chance d'être libre

et soudain, dans l'odeur pharmaceutique du drap tu comprends

tu n'as pas usurpé la vie de Malena mais par toi Malena, la pensée de Malena, l'esprit de Malena se poursuit, comme si son âme, sans passer par le détour ordinaire de la désertion des corps puis de l'incarnation nouvelle, avait dans l'urgence directement, sans transition, imbibé ton existence asséchée, et comme si toi, mystérieusement, seulement à cet instant où tu devenais Malena tu devenais toi-même, par la vertu d'une âme communicante qui se serait déversée dans l'alvéole aride de la tienne,

mieux : comme si une greffe avait eu lieu, entre une tige féconde et une tige exsangue, l'une permettant à l'autre, se fondant en elle, permettant qu'elle trouve enfin la force de se soutenir par elle-même, de devenir elle-même, se réappropriant sa substance, après un rapt de vingt-trois ans imposé par la logique de l'histoire…

Dans la cage thoracique on respire en toi plus large, tu n'es plus une mais plusieurs, en toi Romi retrouve sa place, un espace, et tu pleures, tu accueilles Romi comme l'enfant prodigue, avec Romi tu accueilles Bodo, et sa sœur Ava, et ta mère Claudia, aussi tu accueilles la mère de Sebastián, cette inconnue dépossédée, Malena a le cœur assez large, aussi large que la Place de Mai… Dans ton cœur tournent les femmes, leurs langes noués autour du front, parmi elles celles qui n'ont pas choisi, n'ont pas osé choisir, pas su avoir le courage, celles qui ont cru, celles qui se sont trompées, celles qui n'ont pas eu l'autorisation d'avoir une conscience, d'être elles-mêmes, de penser par elles-mêmes autrement que sous le joug des hommes qui les maintiennent dans la honte d'être soi, de saigner, de mettre bas, d'être désirables, de se laisser humilier, de ne pas savoir et de le savoir, de l'accepter, par peur, par amour pauvre amour, par habitude, par la force des choses, parce qu'elles ne savaient pas qu'en elles gît la puissance d'être libres, sans pilier de famille, sans sexe fort, et toi, avec elles, un matin tu as pris appui sur un nom et tu t'es hissée, aujourd'hui, enfin, parce qu'un enfant a surgi dans une clairière et de sa présence t'a convoquée, tu es toi-même...

Tu t'étais préparée à ce moment, cela germait en toi, sourdement... Tu t'y préparais à l'instant déjà où tu as tourné les talons à la vue d'une fourgonnette conduite par des hommes en blanc, et avant, bien avant, sans le savoir, tu te préparais ; chaque épaisseur de temps, poupée gigogne, en contenait d'autres, se nourrissait de leur force pour trouver la force... Tu te souviens d'un jeu que vous faisiez, avec Emiliana et Lisbet ; tour à tour, et vous vous disputez pour être celle qu'on enchaîne et qu'on entrave, deux d'entre vous maintiennent les bras de la troisième, le long du corps, en même temps que celle-ci tente, de toute son énergie, de les écarter ; cette opposition dure quelques minutes, deux peut-être, une seule ; le temps de l'opposition est intense, intense la force qui s'oppose sans résultat car même si maintenir les bras de l'autre, chacune arc-boutée à un seul bras, est difficile, la force de deux sœurs, deux mains pour un bras, deux corps et quatre bras contre les deux bras d'un corps, est toujours supérieure... Au signal elles arrêtent de forcer. En même temps, celle qui est au centre ferme les yeux, inactive, ravie ; tu es celle qui est au centre, tu assistes, miracle, à l'acte dont tu n'es plus l'actrice, l'acte t'arrive, il advient, en différé, alors même que tu as renoncé à l'effort : telles deux manches de soie gonflées par la brise tes bras se soulèvent ; il se peut, si la force condensée a été très intense, ailes d'un oiseau au-dessus de la plaine, que parallèles au sol ils atteignent le niveau des épaules... Comme cette lévitation libre est délicieuse... Tu t'autorises à être Malena, ce n'est pas une usurpation, ce matin c'est un baptême, tu es Malena dit l'amour d'Arnaud qui vient d'entrer dans la chambre, il te regarde, se penche, dépose un baiser léger comme la corbeille où rougit le physalis, tu es Malena c'est-à-dire toi-même, enfin voilà, en toi-même tu trouves

la puissance de dire *je*.

*

* *

Je n'ai pas entendu s'ouvrir ni se fermer la porte mais il est là.

Mon amour. Ta présence, dont le rayonnement charge mon corps. Un sirop tiède infuse mes fibres, coule le long des jambes, bassin, poitrine, front, crâne, de nouveau jusqu'à la plante des pieds, avec la régularité onduleuse d'un courant alternatif. Quand je souris tu touches ma main. J'ouvre les yeux. Arnaud. Ton visage. Tu souris, ton regard quitte mes yeux, glisse vers ma sacoche sur tes genoux. Tu l'ouvres ; tu cherches quelques instants ; cette nonchalance de tes gestes, toujours, te confère la certitude lente des grands paquebots qui manœuvrent à l'horizon. Du fatras tu tires une photo. Je sais bien laquelle. Tu te penches vers mon oreille. Mon oncle maternel, dis-tu, fumait les mêmes pipes que ton père. Ainsi tu as compris... Mon amour... Comme il est loin, le père, sur cette photo. Blottie dans mon lit d'hôpital je détaille l'arrogance du fumeur de pipe qui règne sur son domaine, une épouse effacée, cinq gamins matés. Sur la droite, tu montres la fillette transparente à demi masquée par les plis de la jupe maternelle. Elle, je murmure pour Arnaud qui s'est allongé contre moi, pour regarder avec moi, c'est Romi. Il y a bien longtemps c'était moi. Elle était triste, cette Romi, dit-il. Il prend ma main, la pose contre ses lèvres fermées, sur mes doigts je sens leur chaleur sèche, le souffle de ses narines qui inspirent mon odeur et me mélangent à lui.

*

Deux mois que nous sommes rentrés à la maison. Après le dîner nous ne débarrassons pas tout de suite la table. Ce qui revient par bribes monte aux lèvres. Le mystère Sebastián. Doucement mes propres cauchemars se décollent du réel tout aussi cauchemardesque. Souvent je crois que j'ai tué l'enfant. Certains enfants volés, oppose Arnaud, ont été retrouvés et récupérés par les familles, pendant même la dictature. Nous avions pu être dénoncés. Qui sait ? Dans le quartier, les gens se doutaient que je n'avais pas été enceinte. Et si, énonce Arnaud un soir, c'était toi, toi-même, sous le coup de la culpabilité, qui avait « rendu »

Sebastián aux familles de la Place de Mai ? C'est un peu gros, un peu courageux pour celle que j'étais, je souris, tu ne crois pas ?

Il serait peut-être temps, dit-il une fois en essuyant la table ; que dirais-tu d'un voyage pour Buenos Aires ? Aujourd'hui Sebastián devrait avoir vingt-six ans et quelques mois. Même si tu n'es pas sa mère biologique, tu as aimé cet enfant, tu n'as pas choisi non plus qu'on l'enlève à sa famille. Le visage d'Arnaud est absorbé par l'ombre vacillante de la lampe, d'où sort sa voix, pareille à celle qu'attend Moïse, les yeux voilés, auprès du buisson ardent. Le siège des Grands-Mères de la Place de Mai a rassemblé beaucoup d'archives...

Je me lève, je contourne la table, je glisse mes bras sous les siens, qui tiennent encore l'éponge.

Il y a, concède-t-il, à un tel voyage, bien des objections. Si ton mari...

Je m'écarte, nous nous asseyons, je suis des doigts la fatigue de son visage. Arnaud, dis-je, no importa, vois-tu, je suis celle qui t'aime, aujourd'hui, je vis avec toi, je veux vivre avec toi, encore. On verra bien. Un jour peut-être, on ira.

Bien plus tard, au moment où je vais m'endormir, arrive sa voix. Ce tableau, Gallerie dell'Accademia, la femme qui allaite sous un éclair, c'était de qui, déjà ? Me revient la toile merveilleuse que j'ai découverte autrefois dans une version noir et blanc, au presbytère de Mina Clavero. *La tempête*, de Giorgione.

*

* *

2 janvier 2006

Es la hora de partir[1]

1. Pablo Neruda, *La Canción desesperada*.

Malena démarre, Arnaud agite la main par la vitre de la voiture. Au revoir, crie Jules, Raphaël dans les bras, bonne route ! Bonne année ! Les roues crissent sur le givre du chemin. Dans la manœuvre un pan d'écharpe libère la gorge de la conductrice. Déposer un baiser, là, sur ce territoire de peau apparu dans le petit matin.

Ils quittent le hameau. Malena conduit avec précision sur le verglas des virages. En ce début janvier la route est déserte. De temps en temps Arnaud jette un coup d'œil furtif vers sa compagne. Le regard fixé sur la route, elle semble avoir oublié l'homme assis à côté d'elle. Il admire le profil de la femme avec laquelle il vit. Dans cinq heures ils retrouveront la maison. Seigneur, quel Noël… Quelle semaine fantastique… Le visage de son dernier petit-fils se dessine dans l'esprit d'Arnaud. L'enfant, très droit dans sa poussette, le dos décollé du dossier ; pour mieux administrer le monde peut-être, les yeux mobiles inlassables butinent. Toutes les fois qu'il pense à Raphaël, la même tendresse brusque. Pourtant, ils avaient mal fait connaissance, l'été dernier...

Avec tout ce qui est arrivé, c'est à peine s'il se souvenait de sa petite bouille. Et Malena, le petit garçon l'avait si bien adoptée... Il n'y en avait plus que pour elle, l'enfant, toujours, guettait Malena, comme si seule Malena, quoi au juste, *aserrín, aserrán*, toujours l'enfant réclamait, *los maderos de San Juan*, chevauchant les genoux de Malena, *piden pan, no les dan, piden queso*, mains dans les mains tirant poussant, *les dan hueso*, *les dan hueso,* au rythme de la scie, *y les cortan el pescuezo,* l'enfant, hoquetant, *aserrín, aserrán,* et la scie devenait *los maderos de San Juan*, ce galop les précipitant, *piden pan, no les dan,* la femme, le petit enfant, *piden queso, les dan hueso,* avec cette joie, chaque fois, dans l'étreinte finale.

*

*   *

Remerciements

Je remercie Elena, qui un après-midi d'automne m'a confié son histoire, tandis que je récoltais, dans le cadre d'une résidence au théâtre de Clermont l'Hérault, des témoignages de personnes « venues d'ailleurs ». Par elle, j'ai découvert l'histoire de l'Argentine alors que ce pays était loin de mes horizons. Le récit qu'elle m'a brossé, son histoire personnelle d'émigrée sous la dictature, a déclenché en moi un désir romanesque qui a infusé de longs mois.

Je remercie Annibal, qui à l'heure où j'écris ces remerciements nous a quittés. Journaliste au *Noticias*, Annibal a émigré en Europe à l'époque où Perón était encore au gouvernement. Annibal m'a ouvert sa porte en toute simplicité. Nous avons déplié un plan de Buenos Aires, son doigt suivait les rues, des souvenirs naissaient… Il m'a partagé sa ville, l'ambiance qui régnait à l'époque de sa jeunesse. Comme un père il m'a cuisiné « ses » plats ; lui-même musicien, il m'a fait découvrir Chico Buarque, María Elena Walsh, Schussheim, le Cuarteto Cedrón, le Cuarteto Zupay… Et la douleur d'être émigré, jamais totalement « intégré », sans pourtant qu'un retour soit possible pour lui, tant l'Argentine d'aujourd'hui lui était devenue étrangère.

Je remercie Madeleine, qui s'est prêtée au jeu de l'entretien, pour détailler le parcours d'intégration administratif français de son compagnon, exilé de la première heure.

Je remercie Marc et Lotti, producteurs de *L'Herbe à l'aise*, qui m'ont accueillie dans leur exploitation gersoise. La maison où vivent Arnaud et Malena ressemble peut-être à la leur.

Parmi les nombreuses sources du roman, articles, émissions radiophoniques ou télévisées, vidéos, témoignages divers, sites Internet, lectures, qui ne peuvent pas toutes être citées, trois ouvrages ont particulièrement inspiré l'écriture : *La Disparition de Josef Mengele*[1] d'Olivier Guez, m'a offert le fond

1. Olivier Guez, *La Disparition de Josef Mengele*, Le Livre de poche, Paris, 2018.

sur lequel se déploie l'histoire familiale de Romi. La richesse documentaire et la précision de l'enquête de Philippe Broussard, *La Disparue de San Juan*[1], m'ont permis d'entrer dans les replis administratifs et politiques d'une époque, et d'avoir une perception concrète du pays. J'ai trouvé dans *Jours et nuits d'amour et de guerre*[2] d'Eduardo Galeano des témoignages de situations concrètes vécues. Je remercie leurs auteurs qui m'ont, sans le savoir, beaucoup nourrie et aidée à esquisser à ma manière un pays et une époque que je n'ai pas connus, c'est le miracle de la lecture.

Je remercie les personnes qui m'ont relue, pointilleuses et généreuses, Alice, Marielle, Émilie, Marion, Élise, Christine, Hélène, Lisa, Emmanuel.

Je remercie particulièrement Vincent. Tel un frère dans la langue, il accompagne mon écriture depuis longtemps.

Je remercie enfin Elyzad, qui pour la troisième fois me fait la confiance immense d'accueillir un roman dans sa belle maison.

1. Philippe Broussard, *La Disparue de San Juan*, Stock, Paris, 2011.

2. Eduardo Galeano, *Jours et nuits d'amour et de guerre*, Albin Michel, Paris, 1987.

Composition : Elyzad

Cet ouvrage a été achevé
d'imprimer en juin 2022
par Normandie Roto Impression s.a.s.
à Lonrai (France)
pour le compte des éditions Elyzad

Isbn : 978-2-492270-79-6
Dépôt légal : septembre 2022
N° d'impression : 2202904